DREAMBOOKS

DREAMBOOKS

화염포식자
불빨

17

이루다 현대판타지 장편소설

dream books
드림북스

불빨 – 화염포식자 17(완결)

초판 1쇄 인쇄 2018년 2월 19일
초판 1쇄 발행 2018년 3월 2일

지은이 이루다
발행인 오영배
기획 박성인
책임편집 이신옥
일러스트 최단비
표지 · 본문 디자인 권지연
제작 조하늬

펴낸 곳 (주)삼양출판사 · 드림북스
주소 서울시 강북구 도봉로 173
대표 전화 02-980-2112 **팩스** 02-983-0660
편집부 전화 02-980-2116 **팩스** 02-983-8201
출판등록 1999년 3월 11일 제9-00046호

ISBN 979-11-283-9119-4 (04810) / 979-11-313-0589-8 (세트)

+ 이 도서의 국립중앙도서관 출판시도서목록(CIP)은 서지정보유통지원시스템홈페이지(http://seoji.nl.go.kr)와 국가자료공동목록시스템(http://www.nl.go.kr/kolisnet)에서 이용하실 수 있습니다. **(CIP제어번호: 2018005265)**

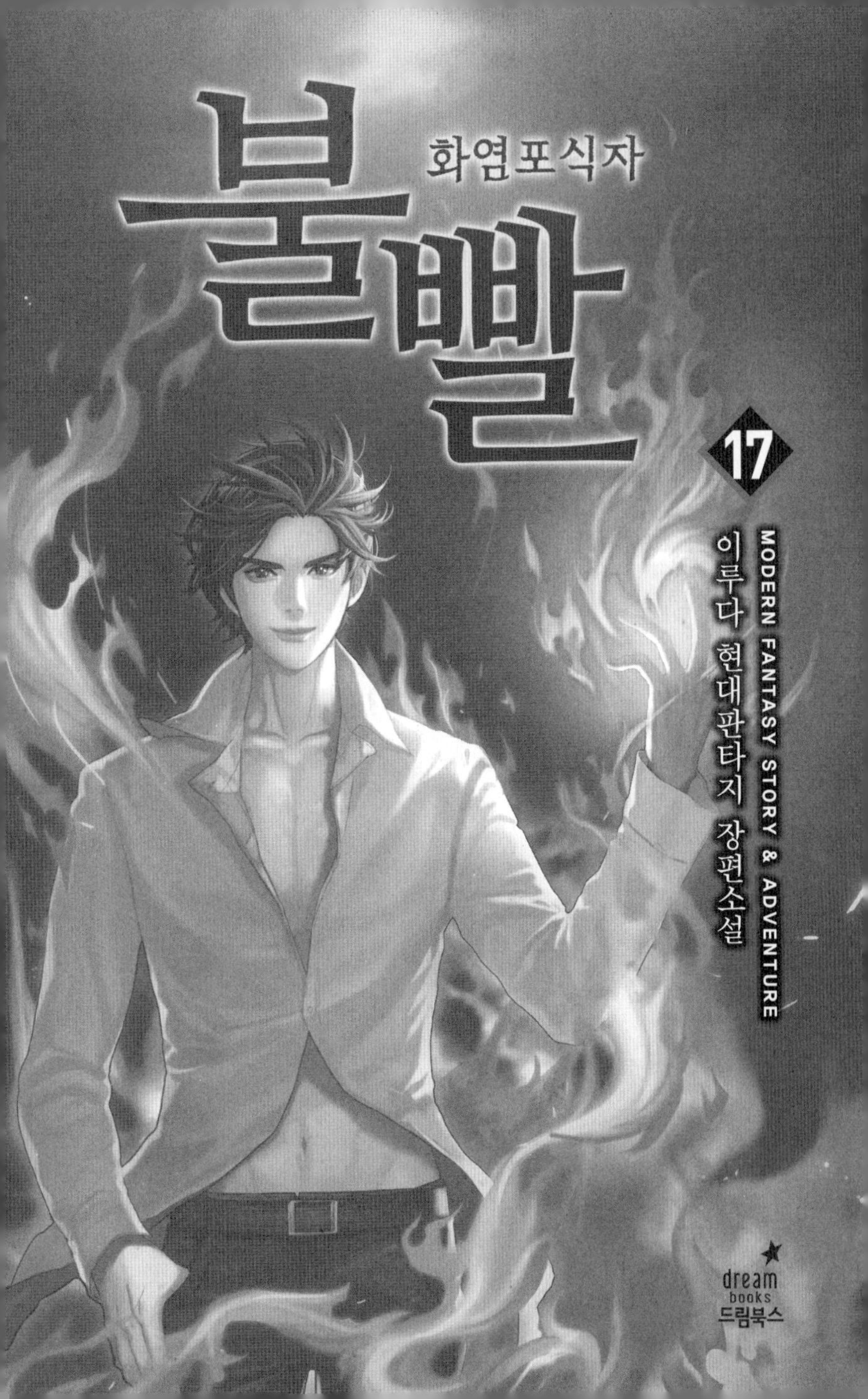
화염포식자
불빨
17
MODERN FANTASY STORY & ADVENTURE
이루다 현대판타지 장편소설
dream
books
드림북스

목차

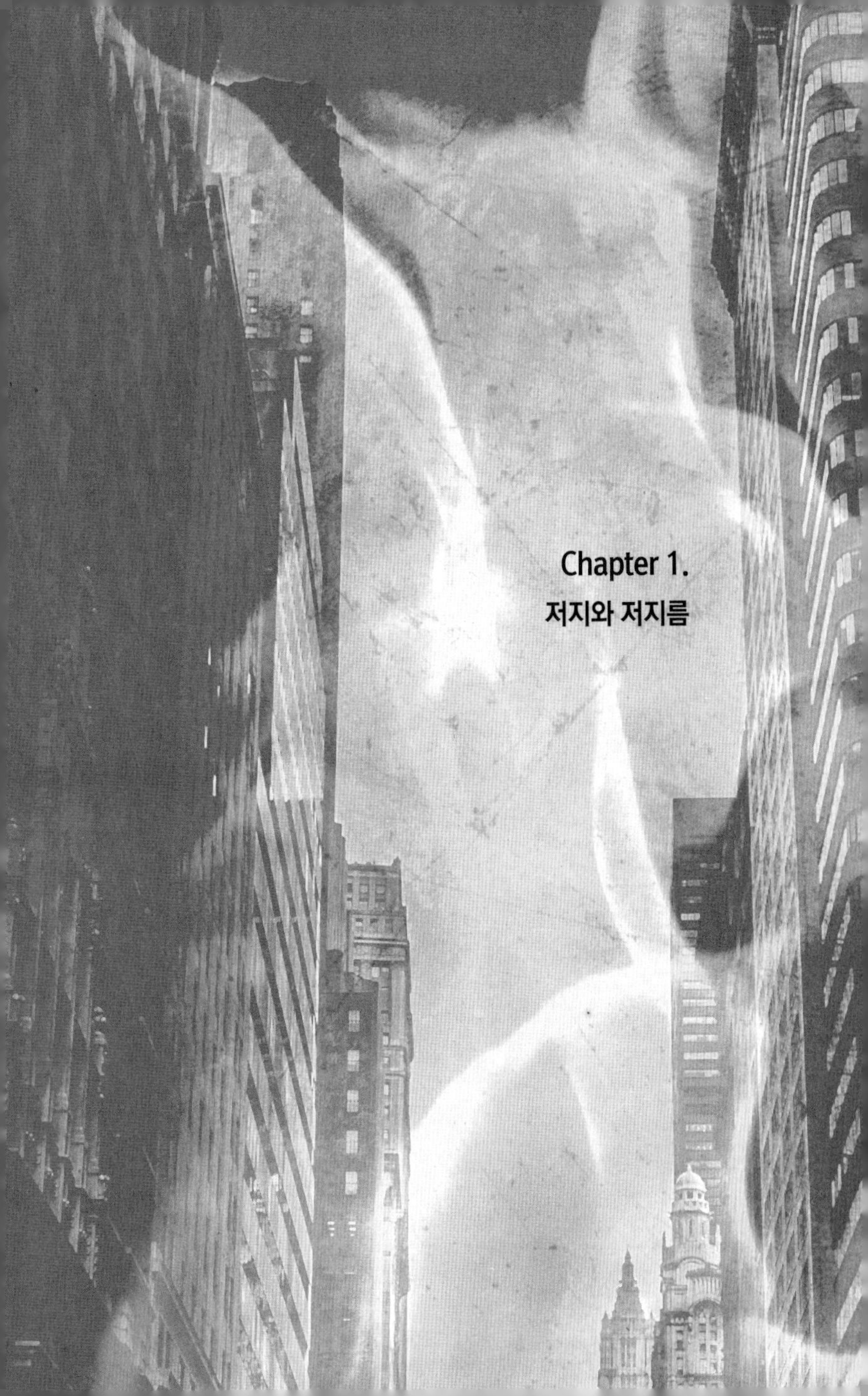

Chapter 1.
저지와 저지름

언제나 원하는 대로 상황이 이뤄지지 않는다.

뒤편에 있는 몬스터를 처리하고 그 뒤에 길드들을 상대하려고 했지만, 저들은 준비가 되기도 전에 움직이기 시작했다.

'뻔하지.'

몬스터를 조종하고, 인위적으로 웨이브를 만든 것.

지금 딱 타이밍 좋게 움직인 것.

그동안 그들이 한 행동.

힌트라고 할 것은 차고도 넘쳤다. 모두 저들이 의도하는 대로 돌아가고 있다. 지금까지는 우리가 만든 판에서 저들이 흔들렸다면, 이제는 저들이 판을 짜고 우리를 흔들려고 하고 있다.

몬스터. 거대 길드. 헌터 관리원. 그리고 왕.

그 많은 것들이 한데 어우러져서 나를 노린다. 아니 우리를 노린다. 자라난 하나를 보고 달려들고 있다.

처어억. 척.

“전진!”

“속보로! 속도를 높여!”

수 개의 길드. 수백의 헌터. 등급에 상관없이 저 많은 자들이 움직이는 건 꽤 큰 장관이 될 수밖에 없다.

누가 보더라도 귀가 쭈뼛 설 만한 장면이다.

하지만 그들을 보는 이쪽에서는.

‘늦었다고.’

이제 와서 굼뜬 엉덩이를 움직여 봐야 우스울 따름이다.

“준! 비!”

고오오오오오—

각자가 이능력을 일으켜서 준비를 하고, 이쪽을 공격하기 위한 각기의 이능력을 뽐내기 시작하지만.

“안 움직이는가?”

“계산 좀 하고요.”

이쪽에서는 계산이 중요했다.

"무슨 계산?"

"글쎄요. 얼마나 밟아야 할까에 대한 계산이랄까요."

"허…… 참……."

저들을 얼마나 밟을까.

당장 어디까지 나의 힘을 공개해야 할까.

아직 왕도 오지 않았는데, 과연 적의 본진은 어느 정도나 될까.

저 선발대를 어디까지 밟아놔야 사기가 꺾일까에 대한 계산이 안 섰다.

고작해야 저들 따위에 무릎을 꿇고 두려움에 떨기에는 그동안 준비한 게 아까울 정도라 긴장도 되지 않는다.

생각을 거듭했다. 그런 나의 생각과는 상관없이.

"쏴!"

쓰아아아아악—

저들이 날리는 첫 공격이 시작됐다.

*　*　*

축포.

축제의 하이라이트라 할 수 있는 폭죽보다도 화려한 장관이 만들어진다.

아름다운 화염. 살육을 위한 모습을 형성한 물. 지나가며 마주친 모든 것을 쑥대밭으로 만드는 바람.

사람을 우울하게 만들고, 지치게 만드는 정신계의 공격까지!

“속도를 더!”

“와아아아아!”

사기를 키우며 아래에서부터 달려들기 시작하는 근접 딜러들의 모습은 여태까지 살면서 본 영화 그 이상이었다.

손에는 무기를 쥐고, 몸에는 갑주를 찬 채로 온갖 현대의 장비들까지 착용한 그 모습은.

‘기묘하지.’

중세와 현대가 뒤엉켜 있으면서, 이능의 힘까지 사용하는 기묘한 전장이 됐다.

사람과 사람. 이능력과 이능력이 부딪치기를 바라며 저쪽은 달려오고 있었다.

아니 정확히는 빈집을 털려 하고 있었다.

나의 길드원들이 전부 빠져나간 이곳.

방벽을 부수고 나의 영지를 침범하려고 하고 있었다. 나의 것들을 부수려 하고 있다!

“어서 안 움직이고 뭐하나!”

“어엇. 저거!”

"피해야 하는 거 아닌가!"

이호준의 재촉. 주변은 소란이 일기 시작한다. 방벽을 뛰어 내려가는 자도 소수 보일 정도다.

오직 나 하나. 여기서 제대로 전투를 벌일 만한 자는 나 하나뿐이다. 그들이 그러는 것도 이해는 갔다.

"어서!!"

이호준의 외침이 끝나는 그 순간.

'딱. 이 정도가 좋겠지.'

계산은 끝났다.

따악—

손가락을 튕겼다. 그 순간 석상이라도 되는 양, 미동 없이 성벽의 위를 지키고 있던 주작이 울부짖는다.

—끼야아아아아악!

이 순간만을 기다렸다는 것처럼.

"가보라고."

앞을 가리켰다. 마지막으로 나에게 쓱 고갯짓을 한 주작이 날아오르기 시작한다.

불 그 자체. 날갯짓을 할 필요가 없음에도 힘찬 날갯짓을 한다.

분명 한 번의 위력 시위를 했음에도, 숫자가 좀 모인다고 자신을 향해 달려드는 놈들에게 분노를 하는 한 것처럼 순식간에 아래로 몸을 날리기 시작한다.

*　　*　　*

화려한 날갯짓 한 번에 소란은 조금 잦아들었다.

내가 움직이기 시작하니 그제서야 줄어들은 상황.

"저, 저걸로 되겠는가?!"

"그 뭐냐, 병사도 소환할 수 있다고 들었습니다만은……."

다만 약간의 의심은 있었다.

내가 모든 전력을 사용하지 않는 걸 눈치채고 있는 것이다.

하기야 땀을 뻘뻘 흘리거나, 인상을 잔뜩 찌푸리는 것도 아니고 여유로운 표정으로 주작 하나 보냈을 뿐이니 불안해하는 것도 이해는 간다.

허나 백문이불여일견이라 했다.

말로 설명하는 대신, 나는 이제 막 적들의 이능력과 부딪치기 시작하는 주작을 가리켰다.

"허……."

"……."

모두의 눈이 놀람으로 크게 떠진다.

—……

포효는 한 번이면 된다는 듯 더 이상의 포효는 없었다. 대신 놈은 압도적인 위력을 보일 뿐이었다.

수없이 다가오는 이능력. 방벽을 부수기 위해서 날아드는 이능력을 향해 주작은 겁도 없이 날아들었다.

자폭 행위라도 하러 들어가는 게 아닌가 싶은 광경.

하지만 놈은 곧바로 날갯짓을 시작했다. 아까와 같이 쓸데없는 날갯짓이 아니었다.

주작이 움직일 때마다, 날갯짓 한 번 크게 할 때마다 전에 없던 화염들이 만들어진다. 그대로 쏘아진다.

자신을 노리고 날아드는 이능력들을 향해서!

순식간에 수백, 수천 개의 화염이 주변에 흩뿌려진다. 이능력들에 부딪친다.

치이이이익—

가볍게 날린 화염에 수십 개씩 날아들던 물의 공격이 상쇄된다. 그대로 사그라들어 버린다.

물이 불을 이긴다는 것은 다 헛소리.

압도적인 화력 앞에서는 속성의 이능까지도 상관이 없었다.

그게 시작.

콰아아아아앙!

주변을 다 으깨며 날아들던 바람은 불과 부딪치자 폭음이 인다. 불의 일부는 그런 바람을 타고 섞여 들어간다.

바람에 불이 휘휘 타고 올라간다. 뭉쳐진다.

본래라면 이대로 바람과 불이 서로 폭발을 일으키거나, 서로가 소멸되어야 할 상황.

하지만 지금은 달랐다.

'먹어.'

나의 불길들. 수백, 수천이 됨에도 나의 몸처럼 느껴지는 화염에 작은 의지를 부여하는 순간.

자신과 서로 섞인 바람을 자신의 것으로 조종하기 시작한다.

단순한 불꽃에서 바람이 섞인 위력적인 소용돌이로 변한다.

방향을 튼다. 앞뒤가 바뀌었다. 주작을 향하던 방향에서, 그 반대를 향한다.

"막아!"

저들을 향한다. 그들이 날렸던 바람이, 화염을 타고 날아 다시금 그들을 공격한다.

가장 조용한 쪽은 오히려 불과 불.

'멍청한 놈들.'

내 앞에서 불을 사용하다니. 이만한 자살 행위도 또 없었다.

어마어마한 불을 사용하면, 내가 더는 흡수하지 못할 거라 여기는 것일지도 몰랐다.

거대 길드로서 자신감이 아닌 자만으로, 나 따위의 능력은 애써 무시한 걸지도 몰랐다.

적을 알아야만 이길 수 있을진대 내 앞에서 화염이라니.

봐주지도 못할 일이었다.

'흡수.'

고오오오오—

불과 불이 부딪쳐 힘을 기른다. 폭음은 없다. 그대로 흡수된다. 그 화염들은 그대로 소용돌이치는 불과 같이 저들을 향해서 쏟아져 내린다.

저들이 날린 모든 이능력을 파괴하고 흡수하고, 이용하는 가운데에서 공방은 금세 뒤바뀌었다.

—끼야아아아악!

다시 한 번의 포효.

그 포효와 함께 계속되는 날갯짓. 화염의 생성.

이능력을 막을 때보다도 더욱 많은 불들이 순식간에 만

들어진다. 하나, 하나가 어지간한 자들을 압살하는 데 충분한 화력.

그 화력이 그대로.

스아아아아악—

적들을 향한다. 수백 수천의 화염이 다시금 생성되고 그대로 적을 향해 날아드는 아찔한 광경이란!

"……."

성벽 위에 자들을 침묵하게 하기에는 충분하였으며.

기세 좋게 달려들던 적들의 걸음을 멈추게 하기에는 차고도 넘쳤다.

"이런……."

불과 바람으로 만들어진 소용돌이를 막을 때까지만 하더라도, 어찌되든 막으려 했던 그들의 눈이 잿빛으로 변한다.

순간적으로 의지가 사라져 간다. 당황스러움이 넘친다.

'이제서야 시작이냐.'

그때, 저들에게도 변화가 일어났다.

뒤에 빠져 있던 존재들. 그 힘이 다른 헌터 몇을 합치고도 남는 상급의 헌터들이 나서기 시작했다.

쏟아지는 화염. 자심들의 뒤덮는 재앙과도 같은 화염에 소수의 인원들이 나섰다.

지아아아악—

처음 시작은 방어의 막. 은빛, 이내 투명해지는 거대한 막이 거대 길드의 전체를 감쌌다.

수백이 넘는 인원을 차고도 남아 주변 일대를 다 덮고도 남았다.

그 보호막의 위로 화염들이 작렬!

콰아아아앙! 쾅!

어마어마한 폭음을 일으키지만, 투명과 은빛을 왔다 갔다 하는 보호막은 잘도 화염을 막아댔다.

'신성수였나…….'

보호막을 사용하는 자. 방어에 있어서는 귀재라는 자의 이름이 문뜩 스쳐 지나간다.

하지만 이자의 방어막만으로는 역부족!

콰즈즈즉—

화염의 채 삼 분의 일도 막지 못하고서 그대로 보호막 자체가 금이 가 버린다. 그대로 으깨져 버린다. 순식간에 막이 걷힌다.

'예상했나.'

고오오오오오—

기다렸다는 듯 다음 이능력이 일어난다.

"호오……."

이번에는 공간 자체를 왜곡하는 느낌이었다. 정우혁의

것과 비슷하게 주변의 형상이 흐릿해졌다.

무언가 열어낸 느낌. 알 수 없는 기운들이 물컹물컹 열린 구멍을 통해서 흘러나왔다.

그리고 그 기운들이 다시금 화염에 부딪친다.

스아아아아악!

힘과 힘이 부딪친다. 순간 깨질 듯한 비명이 들리는 느낌이었다.

서로가 서로를 분쇄하려 부딪치기 시작한다.

물컹물컹 나온 괴이한 기운들은 화염과 부딪쳐 모든 힘이 소모되면 다시 자신이 나왔던 공간속으로 사라져 갔다.

'신기한데…….'

어떤 기운의 소환. 혹은 게이트.

특이한 이능력을 사용한 자의 힘도 금세 사라져 간다. 그래도 성과는 있었다. 주작이 날려댄 화염을 잘도 반 수 이상 상쇄하는 데 성공했다.

이쯤이면 나머지는 일반 길드원들이 막을 수 있다고 여긴 걸까?

아니면 이대로 밀리기만 해서는 승산이 없다고 본 걸까?

"어쭈?"

밀리기만 하던 그들이 순식간에 다시 공세를 취하기 시작했다. 적들의 반격이 거세졌다.

* * *

특수한 자들. 끝까지 나서지 않는 자들은 죄다 상급의 헌터였다.

나를 막기 위해서 나서기 시작하더니, 이참에 제대로 일을 벌이겠다 싶었는지 죄다 몰려들기 시작했다.

쯔아아악—

순식간에 대기가 찢어지는 소리가 들린다.

바람? 아니다. 바람 따위에 이런 소리는 들리지 않는다.

그 어떤 강한 바람도 이런 소리를 만들어낼 수는 없다.

정확히 이건 소리라고 하기엔 머리에 울리는 울림이다. 공기의 울림 같은 것이 아니라 뇌에 그대로 박혀드는 울림이기에 소리완 달랐다.

공간이 찢어졌다.

정우혁과 비슷한 자는 아까는 물컹물컹한 알 수 없는 힘을 가진 공간을 소환해 내더니 이제는 다른 것을 소환해냈다.

"……물인가."

바다. 혹은 강. 어느 쪽에 상관없이 거의 무한에 가까운 물들이 쏟아져 나온다.

순식간에 성벽 주변이 물로 가득 찬다.

물이 들어차지 않은 곳이라고는, 사방이 가로막힌 성벽 안과 그들이 데려온 거대 길드의 길드원들이 있는 곳뿐. 일종의 외딴섬이 만들어졌다.

정말 강이라도 통째로 소환된 느낌이다.

이대로 물을 이용해서 수해라도 일으키는 게 아닌가 싶은 광경이었다!

'그냥 물이 아냐.'

힘의 유동이 느껴졌다.

단순히 물뿐이라면 좋겠지만, 이 또한 아까의 것과 같이 이능력이 미묘하게 스며들어 가 있었다.

이능력이 스며든 물이라니. 지구에는 없는 물이다. 어디 다른 차원의 게이트라도 연 느낌이다.

상급의 헌터일수록 별의별 수를 다 쓴다는 것은 알았지만, 정말 이런 식의 수를 써댈 줄은 상상도 하지 못했다.

과연 거대 길드다웠다.

놈들은 거기서 끝이 나지 않았다. 그게 시작이었다.

물이 가득 차자 다른 이능력자가 나섰다.

온몸을 보석으로 둘러싼 자였다.

단련되지 않은, 왜소해 보이기까지 한 몸에 주렁주렁 반짝이는 것을 단 그 모습은 고귀하기는커녕 천박해 보이기까지 했다.

하지만 가까워질수록 힘이 느껴졌다.

'……보석이 아니었군.'

주렁주렁 매단 것은 보석이 아닌 정석. 그것도 최소 상급에 가까운 보석들이 그의 온몸에 매달려 있었다.

"반짝여라!"

그가 외치자 그 몸을 둘러싸고 있던 정석들이 반짝이기 시작한다.

그의 이능력과 함께 빛을 뿜어내며, 어마어마한 광채를 만들어 낸다. 순간적으로 힘이 증폭된다.

그리고 그는 그 힘을!

스아아아악—

찢어진 공간에서 나온 물. 그 물에 '부여' 시켰다.

힘이 깃든 물에 더 큰 힘을 부여한다!

물에 깃들어져 있던 이능력의 총량이 순식간에 상승하기 시작한다.

일종의 버프라면 버프!

'저런 자도 있었나.'

물이 가진 힘의 총량이 금방 두 배는 됨 직하게 증폭됐다.

성벽 주변을 둘러싸고 있는 무한에 가까운 물. 그 물에 깃든 힘을 증폭시켜 주는 이능력이라니!

"……."

온몸을 반짝거림으로 도배를 하고 있던 그의 몸에서 정석의 반수 정도가 사라졌지만, 과연 어마어마한 힘이었다.

하지만 아무리 이능력이 부여됐다고 하더라도 집중되지 않는 힘은 있으나 마나였다.

힘은 제대로 사용되어야 힘이지, 단순히 존재한다고 해서 강한 힘은 아녔다.

생물처럼 움직이는 힘은 과연 어마어마했지만, 딱 거기까지.

'한 수 모자라다.'

그때 다른 자가 나섰다.

'심훈안? 아니 다른데.'

그는 물을 또 일부 흡수하기 시작했다.

심훈안은 이능력을 흡수해서 자신의 것으로 증폭하여 사용하는 게 특기. 하지만 저자는 흡수를 하기만 할 뿐이었다. 그 뒤에 무얼 쏘아낼지는 알 수가 없었다.

'미묘하게 달라.'

화염도 다 같은 화염이 아니듯 이자도 비슷하면서도 다른 능력을 쓰는 게 분명하다. 직감적으로 알 수 있었다.

부여와 동시에 흡수가 이뤄진다. 거의 동시에 일어나는 작업. 재밌는 조합이었다.

싸아아악—

그 작업이 끝이 나자마자 갑작스럽게 힘을 날려대기 시작한다.

일그러진 공간에 소환되고, 부여되어, 흡수된 이능력이 쏘아지는 광경이란!

단순히 물을 뿜어내는 것이라고 보기에는 스케일이 컸다.

수십 명의 이능력자들. 아니 수백의 이능력자들이 단숨에 힘을 모아 쏘아내는 것과 같은 위력의 힘이 뿜어져 나온다.

주작을 향해서!

*　　*　　*

'피해? 아니지.'

피한다고 해봐야 그 뒤는 방벽이다. 적의 공격을 막기 위해 만들어진 것이 방벽이지만 이런 때에 써먹자고 만든 방벽이 아니다.

적의 본진은 아직 도착하지 않았는데 방벽부터 부숴먹을 수는 없었다.

결국은 주작이 모든 것을 막아내야 했다. 정확히는 나만의 힘으로 저들 정예가 준비한 한 수를 부숴야 했다.

'……될까?'

머리로 번뜩이는 뭔가가 지나간다.

시도는 해 볼 가치가 있었다. 힘의 일부를 여기서 드러내는 건 걸리지만, 피해를 입는 것보다는 나았다.

우선적으로 명령했다.

"막아!"

—끼야아아아악!

명을 받든다는 듯 고개를 끄덕인 주작이 멈췄던 날갯짓을 다시금 시작했다.

날개를 한 번 뻗어낼 때마다, 허공에 화염이 기다렸다는 듯 치솟는다.

쏟아져 나온 화염이 자신을 향해서 뻗어 나오는 미친 듯한 물줄기를 향해서 쏟아진다.

치이이이익—

서로가 끄고, 태우기를 반복하는 시간.

주작은 끊임없이 화염을 날려 막고, 물은 무한하다는 듯 뻗어 나오며 일진일퇴의 공방을 선보인다.

이대로 영원히 주작과 물의 공방이 계속될 듯싶었다.

그래서야 이쪽에서 손해!

공간을 열어 재끼고 무한으로 뿜어대는 힘을 나라고 해서 쉽게 이겨낼 수 있을 리가 없다.

정말 무한일까 싶기는 하지만, 어그러진 공간에서 열어 나오는 물은 계속해서 쏟아졌다.

* * *

'반전을 해볼까?'

그때 내가 나섰다.

"어디를 가나?!"

"길드장!?"

몸을 날렸다. 방벽의 아래로. 단순히 높은 각도 아니고 수직의 벽이지만, 잘도 타고 내려갔다. 이쯤이야 묘기도 되지 못하는 수준.

놀란 소리가 뒤로부터 들려온다.

"……."

그 모든 말에 대한 대답을 뒤로한 채로 완벽하게 성벽을 내려오는 데 성공.

이미 방벽 주변을 가득 채우고도 남은 물이 나를 기다린다.

스아아악—

이능력과 함께 적의 의지도 스민 건지, 나를 보자 아귀라도 되는 듯 물려 했다.

물이 사람을 물려 하다니.

"……생물 같잖아?"

마치 살아 있는 생물과 같지 않은가.

하지만 생물과 같기에 더욱 좋았다. 단순히 물이라면 힘들었을지도 몰랐다.

하지만 이건 이능력이 부여된 물이기에 가능했다. 내가 생각한 반전이 될 수 있다.

"해 보자."

고오오오오—

나의 양손에 화염을 두른다. 그 어느 때보다 진한 화염이 만들어진다.

옹을 이용해서 증폭을 해 오고, 한철과 같은 장인들이 정석을 이용해서 아낌없이 쏟아낸 화염으로 커진 화염이다.

그동안 사선을 넘고, 온갖 미친 짓을 벌여서 가지게 된 어마어마한 힘이다.

그 힘이 내 두 손에 모여들었다.

'좋아.'

단순히 손에 화염을 둘렀을 뿐이지만, 이 두 손에 맺힌 화염은 여느 화염과는 다른 나의 정수!

그 두 손을 음미하듯 바라본다. 기대를 싣는다.

"한 건 해 보자고."

화아아악—

화염에 둘러싸인 두 손으로 나를 물듯 달려드는 물을 잡아챘다.

불로 물을 잡다니!

신화 속에서나 나올 일이지만, 기묘한 생물과 같은 이 물은 쉽게 잡혔다.

치이이이익—

물 주제에 타오르면서, 나를 향해서 계속해서 덤벼들었다. 공격을 가했다.

나를 자신의 물로 둘러싸 질식이라도 시켜야만 만족을 하겠다는 듯 끊임없이 자신의 몸을 던져가며 나를 물려 했다.

'재밌네.'

살아 있는 물이라니. 생각지도 못한 존재다. 정령과 몬스터와는 또 다른 존재다.

그런데 내가 물을 쥐는 것만으로 만족을 하겠는가?

단순히 멱살잡이만 하려고 했다면, 이쪽까지 내려올 생각도 없었다.

언제나 그러하듯 나는 항상 그 이상을 원했다. 그들이 생각하는 것 이상. 남들의 기대 이상을 원했다.

그렇기에 의지를 담아, 말했다.

"……타올라라."

화아아아아아악—

물을 쥐고 있던 나의 두 손이 시작이었다. 그 어느 때보다 나의 두 손이 활활 타오르기 시작한다.

자연스럽게 쥐어져 있던, 나를 공격하던 '살아 있는' 물에게도 나의 화염이 번진다.

물이 아닌 물에게 부여된 이능력!

그 이능력을 연료 삼아 물을 태우기 시작한다.

처음에는 나의 손에서, 주변이, 어느샌가 눈에 보이는 물들로 점차 화염이 번져나가기 시작한다.

화아아아악—

순식간에 물이 화염으로 변화한다.

살아 있음이 분명한 의지를 가진 물이, 죽어버리며 나의 의지를 받드는 화염으로 변화하기 시작한다.

적의 이능력을 살라먹고, 화염으로 태어나 내 의지를 따른다.

불이 불을 부른다.

주변에서 시작된 불은, 그 크기를 키우면 키울수록 더욱 빠르게 번져나갔다.

성벽을 둘러싸고 있던 그 어마어마한 물들이 순식간에 변화한다.

물에서 물에도 꺼지지 않는 불로서!

눈앞에 보이는 전체가 타오르기 시작한다.

치이이이익—

남은 물이 반항을 하듯 덤벼보지만 그뿐. 순식간에 그 세가 줄어들기 시작한다.

끼야아아아악!

어디선가 비명소리가 들려오는 듯하다. 무한에 가까운 물을 뿜어내던 공간이 점점 더 어그러지기 시작한다.

콰앙!

낯선 비명 소리와 함께 공간이 폭음을 내며 터져 사라진다.

남은 것은 무한에 가깝던 물에서 화염이 되어버린 불바다. 하늘 위에 있는 주작. 그리고 놀란 눈으로 나를 바라보는 거대 길드의 길드원들뿐이었다.

"......"

일순간 모든 소란이 사라진다.

성벽 위에서 나를 지켜보던 자들마저 아무런 말을 하지 못했다. 모두가 나만을 바라보고 있을 뿐이었다.

그들의 시선을 피하지 않으며, 홀로 결정을 내렸다.

"물러나."

당연하다는 듯, 명령을 내렸다. 나의 앞을 막고 있는 자들 모두를 향해서.

화아아악!

사방에서 불이 치솟는다.

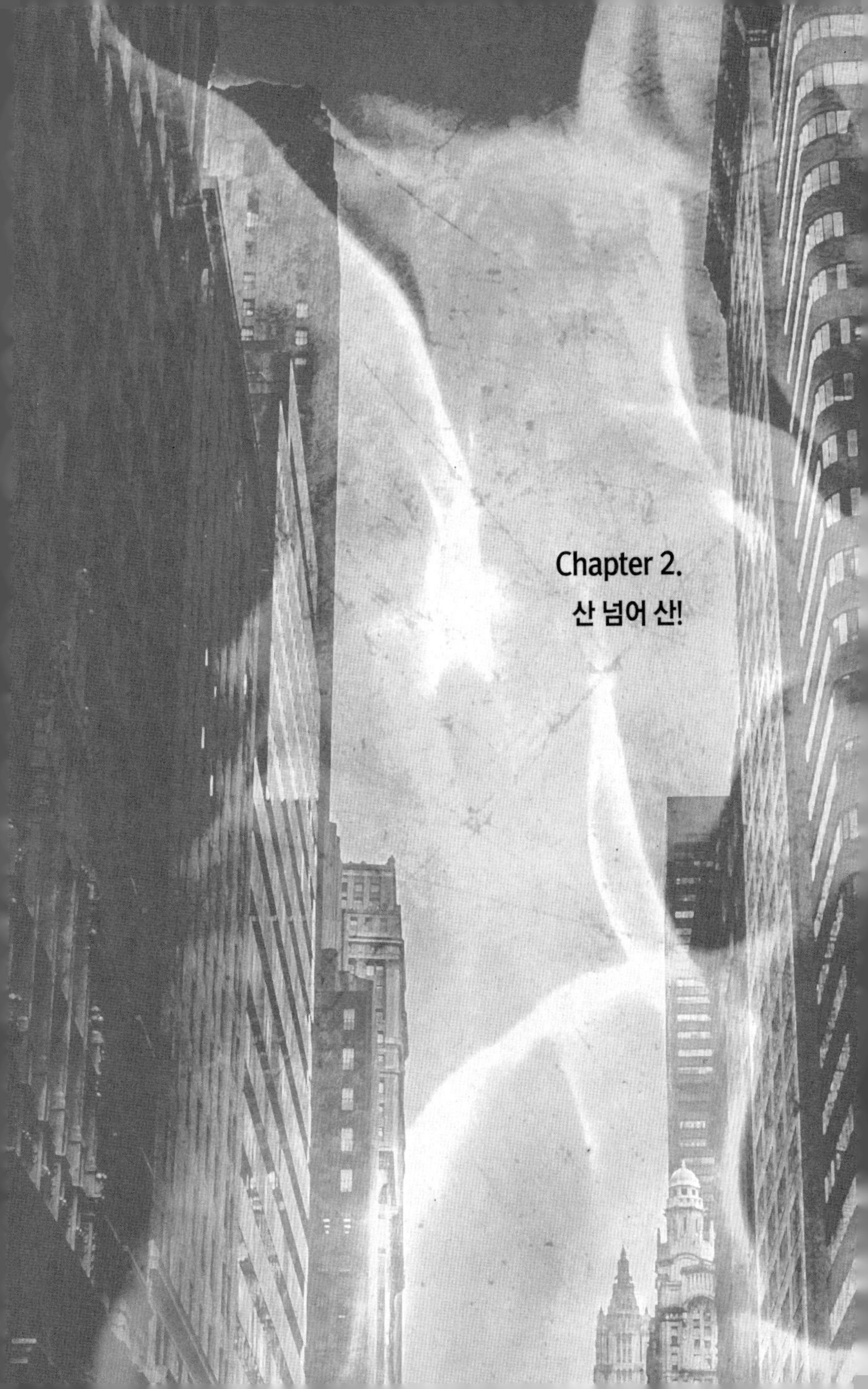

Chapter 2.
산 넘어 산!

일 대 다. 아니 일 대 수백.

방벽이 있다 하더라도, 이미 승부는 정해져 있다고 생각하기에 충분했다.

아무리 강해도 혼자.

한 명이라는 작은 숫자가 아무리 대단한 능력을 사용해봐야 자신들을 이겨낼 수 없을 거라는 자신감이 있었을 거다.

그 자신감이 자만이 됐다.

화아아아악—

김기환은 소수이나, 그 주변을 둘러싸고 있는 화염은 다

수.

불을 숫자로 칭하는 것도 웃기는 이야기나, 그의 군세가 되어버린 화염은 저들을 압도하고도 남았다.

홀로 있으나 화염이 있기에 그들 모두를 뛰어넘었다.

후아악!

그의 살의를 읽기라도 했을까. 넘실넘실대는 화염이 저들을 위협하기 시작한다.

그전까지는 이능력이 부여된 물이었을 따름인데, 이제는 그의 충성스러운 군세가 됐다.

처음에는 멈칫하던 적들이,

"으……."

"……괴물."

겁에 질리는 건 순간이다. 겁에 질리니 이성을 잃는다. 공포가 그들을 잡아먹는다. 본성이 나온다.

"……무, 물러나야!"

"X발!"

욕설이 비집고 나온다.

전쟁의 끝까지 유지돼야 할 대열이 깨어진다. 뭉쳐야 하는데 흩어지기 시작한다. 자신도 모르게 한 걸음씩 뒤로 물러선다.

가까울수록 혼란은 더욱 컸다.

김기환. 그와 함께하는 화염.

그로부터 물러나고자 겁에 질린 채로 자신도 모르게 뒤로 이동하려 했다.

"……."

그때 김기환이 한 걸음 우뚝 앞으로 나선다.

후웅—

그가 한 보 움직이자, 화염 또한 그를 따라 한 보를 움직인다.

위협하며 넘실댄다. 사람 하나는 쉽게 숯으로 만들어 버릴 이능력의 불이 적을 위협한다.

태산이 움직이는 듯했다. 그만큼 존재감이 컸다.

김기환은 모든 걸 드러낸 것이 아님에도, 일부만으로도 적을 압도하는 데 성공했다.

—끼야아아아악!

그 위에 있는 주작이 하늘에서조차 그를 보좌한다.

그의 일 보. 그것이 신호탄이 됐다.

터져버린 신호탄에 저들이 할 수 있는 선택지는 하나.

"……후, 후퇴!"

"후퇴다!"

결국 저들은 처음 기세등등하게 움직일 때는 생각지도 못하던 선택을 했다.

그들로선 길드원이 떠나고 김기환만 남은 길드를 빈집으로 보았지, 강한 전력이라고는 상상도 하지 못한 터.

더군다나 그들 전체를 압도할 것이라고는 상상도 하지 못했을 거다.

한 사람에 의해서 물러나는 초유의 사태가 일어나기 시작했다.

후퇴라는 말에, 마지막에 마지막까지 그들을 묶고 있던 족쇄가 사라졌다.

겁에 질린 거대 길드의 길드원들이 외치기 시작한다. 아니 발악을 하기 시작한다.

“비키라고! 비켜!”

김기환을 피해서 갈 수 있는 선택지는 뒤뿐.

방금 전까지만 하더라도 아군이었으나, 이제는 그를 피하게 하는 걸 방해하는 장애물일 뿐이었다.

살기 위해서는 도망쳐야 한다는 생각이 그들 안에 팽배했다.

“우왁!”

“뭐하는 거야!”

뒤에 있던 자들이 놀라는 것과는 상관없이, 전열에 있던 자들은 미친 듯이 뒤로 내빼고 또 내빼기 시작했다.

공포에 의한 혼란이 커진다.

그런 그들에게.

"……."

김기환이 다시금 한 발을 내디딘다. 후열에 있던 자들도 그런 김기환을 바라보며 도망치기 시작한다.

단 한 사람의 일 보에 모두가 물러난다.

* * *

모두를 죽일 순 없다. 죽일 수 있으나 그래선 안 됐다.

그래선 그 뒤가 문제. 타협의 여지가 사라진다.

드러내 놓고 있지는 않지만 여기저기 기웃거리는 자들이 있다. 방송가에서부터 시작해서 기자까지. 그들도 헌터 관리원이 가진 무기라면 무기.

빨간 빛을 흩뿌리고 있는 저 점들은 분명 촬영을 하고 있다는 증거다.

정당방위 수준을 넘어서 학살을 하면 아주 좋다고 달려들 거다.

저들은 이능력만 없다뿐이지, 헌터들과는 다른 방식으로

사람을 물어뜯을 줄 아는 아귀다.

아귀들이 대놓고 함정을 파고 있는데 걸려들 수는 없는 법이다.

'다른 방법이 있기는 하지만…….'

물론 죽이지 않고도 다른 방법이 있다. 하지만 그 또한 아직은 드러내기에 아쉬웠다.

중요한 건 결국 본진이다. 지금은 저들에게 모든 걸 드러낼 필요도 없었다.

또한 봐라.

"으음……."

"……."

저들은 놀란 눈을 하고 있다.

자신들이 녹화하고 있던 것을 잊기라도 한 듯, 모두가 한 발에 물러나는 것에 충분히 놀라고 있었다.

저들 또한 예상도 하지 못했겠지. 내가 이길 거라고는 상상도 못 했을 거다.

그러니 송출이고 녹화고 모두 잊고 저러고 있는 걸 게다.

'좋아.'

평소 운이철의 말대로 적의 무기를 내 것으로 이용하면 최상의 수가 된다.

지금 당장 나가는 화면. 녹화는 어쩔 수 없더라도 혹시나 생방송으로 송출되는 거라도 있다면?

내 위력이 가감 없이 드러난 장면이 전국에 퍼지기라도 한다면 그건 그거대로 재밌지 않겠는가.

'들고 일어서겠지.'

내 힘을 본 자들. 지금까지 움츠리고 있던 자들. 헌터 관리원에 덤벼들지 못한 자들. 갑질을 당하고도 버티던 자들.

그런 자들이 단 한 명이라도 일어나 주지 않겠는가?

쓸데없이 돈을 뜯기고, 하급이라 스스로를 억누르고, 죄도 없이 죄인 취급을 받던 사람들 중 한 명이라도 울분이 풀리지 않겠는가?

'그거면 됐다.'

나는 여전히 찌질하지만, 이 찌질한 놈이 이만큼 해내는 걸 봤다는 거 하나. 그거만으로도 다른 이에게 힘이 된다면, 내가 그리는 거대한 그림에 도움이 된다면 만족한다.

"어, 어서 꺼!"

"……이런!"

역시. 누군가의 외침에 황급히 자신들의 손에 쥐어졌던 카메라들을 끄는 자들이 보인다.

상부에서 지시라도 왔겠지. 당황했을 거다.

'아직…… 아직이지.'

적들의 본진은 도착도 하지 못했다. 선발대만을 쓰러트렸을 뿐이다. 그럼에도 큰 만족감이 느껴졌다.

축포를 쏘아 올리기에는 충분하다 봤다.

나 홀로 이만큼 해냈다는 성취감이 가득 차올랐다. 가슴 속에 아주 그득히!

그런데?

"길드장! 길드장! 아니 김기환!"

저 위에서 다급하게 이호준이 나를 부르는 이유는 뭘까?

그도 지금 상황을 즐겨야 할 텐데, 그 정도의 배포는 충분히 있을 텐데도. 어찌 저리 다급하게까지 나를 찾는 걸까?

* * *

재빨리 성벽 위를 올라갔다.

내려가는 것보다 오르는 게 더 쉬웠다. 탁하고 시원스레 방벽을 밟자마자 이호준이 다급하게 다가온다.

그의 옆에는 신천이 있었다.

그는 허웅과 함께 토벌전에 나간 길드원 중 하나였다.

길드원들은 간부들과 함께 핏빛 몬스터를 상대해야 하고

있을 때가 아닌가. 지금 신천 그가 여기 있는 것만으로도 뭔가 이상함이 느껴졌다.

"무슨 일이야! 너는 여기 왜 있는 거고!"

"이, 이서영 간부님이!"

"뭐?"

등골이 서늘했다. 나도 모르게 이능력이 흔들렸다. 뭔가 일어났음이 느껴졌다.

이서영.

그 세 글자를 듣자마자 느껴지는 일이었다. 영문을 알 수 없는 노릇.

'설마…….'

나보다는 느릴지라도 그녀도 각성을 했다.

각성체를 흡수했었다. 그런 그녀가 어디 가서 당하기라도 했을까?

상상도 안 간다. 말도 안 된다. 어지간한 자들이 나서지 않고서야 그녀를 이길 자가 없다는 건 내가 가장 잘 안다.

나만큼은 아니라고 하더라도 그녀는 분명 강했다.

거기에 그녀의 이능력은 회복과 탱킹. 생존력에 있어서만큼은 나 이상일지도 몰랐다.

그런데 신천의 떨리는 몸이 심상찮다. 밤을 새고 달려온 듯 초췌해 보이는 모습이 심상치 않다.

또한 적의 선발대를 물리쳤다는 것에 축포를 날려야 할 상황에, 너무도 심각했다.

"부상을 입었습니다! 아니 심각한 상태입니다!"

불길한 예감은 틀리지 않았다.

*　　*　　*

"안내해!"

미친 듯이 달려갔다. 금방 본부에 도착했다.

만들면서도 사용할 일이 없을 거라 여겼던 부상자실. 간간이 훈련을 하다가 다친 자들을 제외하고는 사람이 올 일도 없던 그곳의 가운데.

"읏……."

온몸이 땀에 젖은 채로, 고통스러운 신음을 자신도 모르게 내뱉고 있는 이서영이 있었다.

척 봐도 정상이 아닌 상태.

식은땀도, 떨리는 몸도 당장은 중요한 게 아니었다. 그것이야 그녀라면 충분히 버텨낸다. 문제는.

'날뛰고 있다.'

그녀의 몸 안에서 날뛰고 있는 이능력.

평소 그녀에게서 느껴지는 이능력이 아닌 다른 이능력이 안에서 날뛰고 있었다. 그녀가 본래부터 가지고 있던 이능력이 그녀를 지키려고 하고 있지만, 안에서 헤집고 날뛰고 있는 난폭한 이능력은 그녀가 버티기에 너무 거칠었다.

"대체 어떻게 된 일이야!"

그녀를 데리고 온 신천. 그와 함께 온 자들에게 쏘아붙이듯 외쳤다. 나도 모르게 기세가 올라왔을 정도.

"읏……."

"부, 부상이 아니고 전투 뒤에 있었던 일입니다!"

덜덜 떨면서도 그들은 자신들이 겪었던 일들을 내게 차분히 풀어갔다.

*　　*　　*

뚜욱.

나도 모르게 땀이 떨어질 정도로 오랜 시간을 집중했다. 나답지 않게, 내가 생각하는 것 이상으로 차분하게 움직여 갔다.

'……한 시름은 덜었나?'

그녀의 몸 안. 그녀가 본디 가진 이능력과 부딪치고 있는 난폭한 이능력.

그 이능력들의 일부를 태우는 데 성공했다.

그녀의 것과 완전히 섞여버린 건 감히 건드리지도 못했지만, 섞이지 않고 날뛰는 것은 나의 힘으로도 태울 수 있었다.

하지만 이 정도는 응급 처방이나 마찬가지인 상황.

핵심이라고 할 수 있는 완전히 섞인 것들은 손도 대지 못했다.

'사람이 필요해.'

운이철을 치료하는 데 성공했던 그자. 장진후. 다시는 보기 힘들 거란 그가 필요했다. 아니면 다른 자라도, 능력이 있는 자라면 누구나 필요했다.

문제는 당장 그를 보러 가기에는 한 치의 여유도 없다는 것.

오늘 선발대를 물리쳤지만, 그들은 어디까지나 선발대다. 본진이 언제 쳐들어올지 몰랐다.

이 상황에 내가 자리를 비울 수 있을 리가 없다.

"젠장……."

힘을 기르고, 애를 써왔지만 막상 이런 곳에서 내 능력이 쓸모가 없을 줄은 상상도 못 했다.

답답했다.

'사람을 찾아야 해…….'

그럼에도 머리로는 끊임없이 방법들을 찾아갔다.

상황이 복잡하게 돌아가고 있었다. 그리고 그런 복잡한 나의 상황과는 상관없이, 여러 곳에서 일은 더욱 커져가고 있었다.

*　　*　　*

앞뒤 잴 것도 없었다. 그만큼 소중했다. 바로 전화기를 들었다.

뚜우욱— 뚜욱—

이어지는 통화음. 바로 연결이 됐다.

—퍼어어엉!

연결이 되자마자 들리는 것은 폭음이었다. 정신없는 상태인지, 여러 사람들의 고함소리도 들려온다.

—여보세요!? 급한 겁니까!

“미친 듯이 급해!”

—우왁! 1분. 아니 30초만요!

—콰아아앙!

대체 뭔 짓을 하는 걸까.

저 녀석의 이능력이 폭음을 동반하지는 않는 것으로 알

고 있는데, 끝도 없이 폭음이 들려온다.

흡사 거대한 건물 같은 것을 폭발시키는 게 아닌가 싶은 그런 소리였다.

10초.

계속되는 폭음.

20초.

무너지면서 사람들이 떨어지는 소리.

30초.

—후우…… 끝냈습니다. 이거 무리해서 끝낸 거라구요? 나중에 잘 쳐줘야 합니다!

모든 것을 마무리하고 그답게 웃는 데 걸리는 시간.

"헛소리 말고. 급하게 됐어. 치료가 필요하다고."

—아니, 거기에는 치유계도 없습니까? 이서영 씨도 있잖습니까? 다른 의미로 괴물!

정우혁. 이 녀석은 내 속도 모르고 잘도 이런저런 말을 꺼내들고 있었다.

"그 이서영이 쓰러졌다고! 이능력끼리 부딪쳐. 어디서 흡수를 했는지 모르겠고!"

—……미친? 그게 말이 됩니까! 각성체까지 먹었는데!

"내가 이 상황에 장난을 치리?"

—그건 아니죠.

심각함을 확실히 눈치를 챘는지, 녀석도 심각해졌다.

—사실이면 이거 정말 심각한데요. 흐음…… 결과가 좋은 게 없다고요.

나보다도 더 각성체에 대해 잘 알고 있는 정우혁은 내가 모르는 어떤 결과를 알고 있는 듯했다.

—……앞뒤 안 가리고 우선 움직여야겠군요. 예정보다 더 빠르게 데려와야겠습니다.

“그래야 할 거 같다.”

—카드를 벌써부터 까는 건 좋지 못한데…… 그래도 저쪽도 급한듯하니 상관없겠죠.

“부탁한다.”

순식간에 계산을 끝낸 정우혁은 바로 협조적으로 나와 줬다.

녀석과 나는 현재 이와 잇몸과 같은 상황. 서로 중 하나라도 사라지면 그 타격은 어마어마했다. 그러니 협조적일 수밖에.

—이거 정말 값은 잘 쳐줘야 합니다. 휴…… 바로 움직여 보겠습니다.

“알았다고. 싸게 싸게 움직여!”

—싸게는 무슨. 비싸게 움직일 겁니다!

“……허웅 같은 새끼.”

―그거 무……

뚜욱―

마지막까지 손해를 보기 싫어하는 상인의 본능을 발휘하는 정우혁의 연락을 살포시 끊어줬다.

'곧 오겠지.'

말은 많아도, 그 많은 말을 지키는 놈이 정우혁이다.

빠르게 일 처리를 하고 와줄 거다. 예정보다 빨라 힘들지라도.

그가 곧 온다. 그리고 그것이 내게 생각지도 못한 득을 줄 수 있다는 걸 그때까지는 몰랐다.

*　*　*

"휴……."

고통스러워하는 그녀를 가만 바라본다.

"으으."

언제나 힘이 되어주던 그녀. 무슨 일이 있어도 옆에 있어주던 그녀가 이렇게 쓰러질 줄은 상상도 못 했다.

나 못지않은 괴물이라고, 강하다고 일컬어졌던 그녀인데.

'……상상도 못 했다고.'

그런 그녀가 쓰러질 줄이야.

승리의 기쁨을 만끽하기는커녕, 당장 그녀를 걱정해야 할 판이다.

가만 지켜보고 있지만은 않았다.

스으으으으—

다시금 이능력을 이용해서 그녀를 갉아먹는 이능력을 태워가고.

"……오셨습니까."

"괜찮아?"

"저야 괜찮죠. 좀 봐주시죠. 스승님이 저보다 나을 거 아닙니까."

"일단 봐야 알겠지."

뒤늦게나마 소식을 듣고 달려 온 스승에게 그녀를 맡겼다.

"가 봐."

"……예."

그제서야 조금 안심이 됐다. 그녀를 두고 환자실을 나설 수 있었다.

이 울분. 화. 분노.

'망할 것들.'

누구에게 풀지는 정해져 있지 않나?

*　*　*

토벽 안.

지난 시간 동안 미친 듯 움직여 왔던 자라난 길드원이다.

충분한 지원, 예비 장비까지 동원해 가면서까지 전투를 진행해 갔기에 적어도 겉모습만 봐서는 처음과 다를 게 없었다.

장비 안까지 자세히 살펴보면 초췌하기 그지없기는 모양이긴 하지만, 그래도 꽤 잘해나가고 있었다.

문제는.

"뭐야 대체!"

"또야? 줄지를 않는군."

몬스터의 숫자.

이서영이 쓰러져가면서까지 처리를 하고, 핏빛 몬스터 떼거리에 일반 몬스터들까지 처리를 해냈다.

그러니.

'이쯤 되면 끝이 아닌가?'

금방 돌아갈 수 있을 거라고 생각하는 것도 무리는 아니었다.

그런데 지금 상황은 뭔가.

"보고해. 또 다른 새로운 둥지를 틀었다고."

시뻘건 핏빛. 이제는 꿈에 나올 만큼 지겨운, 빛을 뿜어내는 거대한 막들이 눈앞에 자리해 있다.

일부는 나무에. 또 일부는 땅에 걸쳐져 있는 채로 심장처럼 두근대며 뛰고 있다.

단순히 둥지라고 하기에는 둥지 그 자체가 생명을 가진 느낌이다.

전체적인 힘은 전에 상대했던 대전투보다는 못하다.

이런 둥지 정도, 공격대 수준으로 두어 정도만 동원을 해도 인명 피해 없이 토벌을 할 수 없을 정도다.

'……어디서 이렇게 오는 건지.'

문제는 그 숫자.

분명 전부를 없앴다고 생각했는데, 바퀴벌레처럼 남아가지고는 계속해서 이들을 괴롭히고 있었다.

미친 듯이 둥지를 박멸하고, 하루가 지나면 또 알을 품듯 이런 둥지들이 나온다.

—끼에에에엑!

—끼웩!

기다렸다는 듯 둥지 안에서 몬스터들이 터져 나온다.

인간형은 아니었다. 본체는 늑대의 것과 비슷했다. 이를테면 와일드 울프라는 중급의 몬스터의 외형과 같았다.

다만 외형은 비슷할지언정, 그 크기는 작았다. 사람만 했다. 와일드 울프가 사람보다 수배는 큰 걸 생각하면 훨씬 작은 크기.

그래도 와득하고 목 줄기를 물면 사람 하나 죽이는 건 쉬운 몬스터였다. 거기에 핏빛 몬스터 특유의 재생력까지 생각하면 꽤나 상대하기 귀찮은 몬스터다.

숙성되지 못하고 만들어지다 만 듯, 일부는 팔다리가 없기도 하고 또 일부는 이도 자라다 말았지만 몬스터는 몬스터였다.

"이런……."

"누가 깨워버린 거야?"

"……죄송합니다."

"전투 준비! 나머지는 가서 호출해!"

그 몬스터들이 둥지를 뚫고 달려들기 시작한다.

날렵하고 날카롭게!

전보다는 약하지만, 자라난의 발을 묶기에는 충분한 몬스터 떼가 끊임없이 출현한다.

계속해서 둥지를 틀고 출현하는 곳의 중앙에는.

—크륵…… 아직…… 아직이야.

타부. 아니 한때는 타부라 불렸던 이. 지금은 그들 일족의 비술에 의지해 마지막 수단을 강구하고 있는 그가 있었다.

이번 몬스터 사태의 원흉이며.

—……버텨야……

그 또한 여러 사정으로 왕들에게 끌려다닐 수밖에 없는 졸(卒)로서.

*　　*　　*

시간이 흘러간다.

정우혁은 바쁘게 움직였다. 적어도 그는 약속은 지킬 줄 아는 상인이었다.

"싸게 싸게 움직입시다! 어서요!"

자신은 비싸게 움직여야 한다고 하면서 주변에 있는 자들에게는 싸게 싸게 움직이라 끊임없이 외치는 그.

그의 재촉에 못 이긴 각양각색의 인물들이 불만을 잔뜩 표한다.

"알았다고. 조금만 기다려!"

"준비는 해야 할 거 아닙니까!"

"잠시만요!"

일종의 세기말스러운 느낌이랄까. 아니면 용병?

이들의 복장은 정말 한 사람 한 사람이 개성이 뚜렷했다.

야인 같은 분위기를 풍기는 자도 있고, 온몸을 장비로 무장해서 용병 같은 자도 있었다.

전신을 문신으로 가득 채운 자도 있었는데, 토속적이면서 또한 이국적이었다.

그가 움직일 때마다 문신들이 빛을 내는 것을 보면 어떤 이능력 혹은 주술적 의미가 새겨져 있는 것이 분명했다.

그중 가장 눈에 띄는 이는 하나.

"당신은 안 움직입니까?"

"후후. 원래 비장의 수는 마지막에 움직이는 거라고. 거기다 이건 생각 외의 일이잖아? 이쪽도 바쁘다고."

"그놈의 중이병스런 말투!"

빛을 빨아들일 듯한 검은 로브를 걸친 이가 있었다.

시커먼 로브는 중세의 마녀들이나 쓸 법한 그런 것인데, 그에 어울리지 않는 최신식으로 보이는 이능력자를 위한 지팡이를 소중한 듯 꽉 쥐고 있다.

지팡이 중앙에는 보란 듯이 거대한 정석이 박혀서 요요

하게 빛을 내고 있었다.

모두가 탐욕스럽게 지팡이에 박힌 정석을 바라보면서도, 동시에 그 누구도 지팡이를 탐내지 못했다.

그의 능력.

죽음마저 지배한다는 능력을 알기에 감히 덤벼들 수가 없는 거였다.

덤으로.

"멋이라고 해 두지!"

"예이. 예이. 어쨌든 움직여요!"

평소엔 정상인데 때때로 나오는 중이병스런 말투가 그에게 다가가기 힘든 어려움을 낳았다.

고어라든가. 입 밖으로 내기 힘든 부끄러운 말이라든가 그런 것들을 그는 잘도 한다.

그의 말로는 자신이 얻은 것들에 대한 부작용이라는데, 여러 가지 이유로 말미암아 꽤 튀는 존재가 될 수밖에 없었다.

잠시의 시간 뒤.

"여긴 완료다!"

"이쪽도!"

"보수는 정말 제대로 주는 거지?"

하나, 하나가 튀는 자들. 숫자는 백도 안 되지만, 그 힘만은 결코 다수에 못지않은 자들이 준비를 끝마쳤다.

김기환에게는 자라난 길드원이, 이준혁에게는 그를 믿고 따르는 충실한 자들이 있다면 정우혁에게는 자유분방한 이들이 바로 그의 무력이다.

'딱 하나만 빼고…….'

자신도 그 힘의 끝을 알기 힘든, 검은 로브를 제외하고는 모두가 그의 오롯한 힘이다.

말도 많고 탈도 많고, 다루기는 힘들긴 해도 힘만큼은 확실했다.

"휴우……."

그런 존재들을 잘도 모으고, 이끌어내는 데 성공한 정우혁이다.

다른 건 몰라도 능력만 놓고 보면 그도 확실히 모자람이 없었다.

"모두 모였죠!?"

"오케이!"

마지막으로 그들을 바라본다.

"후우……."

심호흡을 내뱉고서는, 온 힘을 집중한다.

쯔어어어억—

공간 그 자체를 가른다. 처음에는 점으로, 다음은 선으로. 그리고 그 선을 늘려서 원형으로!

수십의 사람이 한 번에 통과하기에 딱 좋은 거대한 게이트가 만들어진다.

이 뒤. 게이트를 통과하고 난 뒤에는 자라난의 본부가 바로 튀어나올 거다. 바로 안으로 들어가면 좋겠지만 아쉽게도 김기환이 공간 방어 처리를 했다.

'용케도 했다니까?'

이호준이 도와준 게 분명할 터다. 잘도 사람을 끌어들여서, 그 능력을 십분 활용하곤 하는 김기환이다.

사람을 끌어들이는 그 매력만큼은 정우혁도 부러울 정도다.

그런 부러움을 뒤로하고.

"가자! 사고 치지 말고!!"

"오오!"

정우혁과 함께 모두가 게이트를 통과한다. 그리고 그곳에는.

"오오오오오! 전투냐!"

"……아. 이런."

꽤 복잡한 상황이 그려지려 하고 있었다.

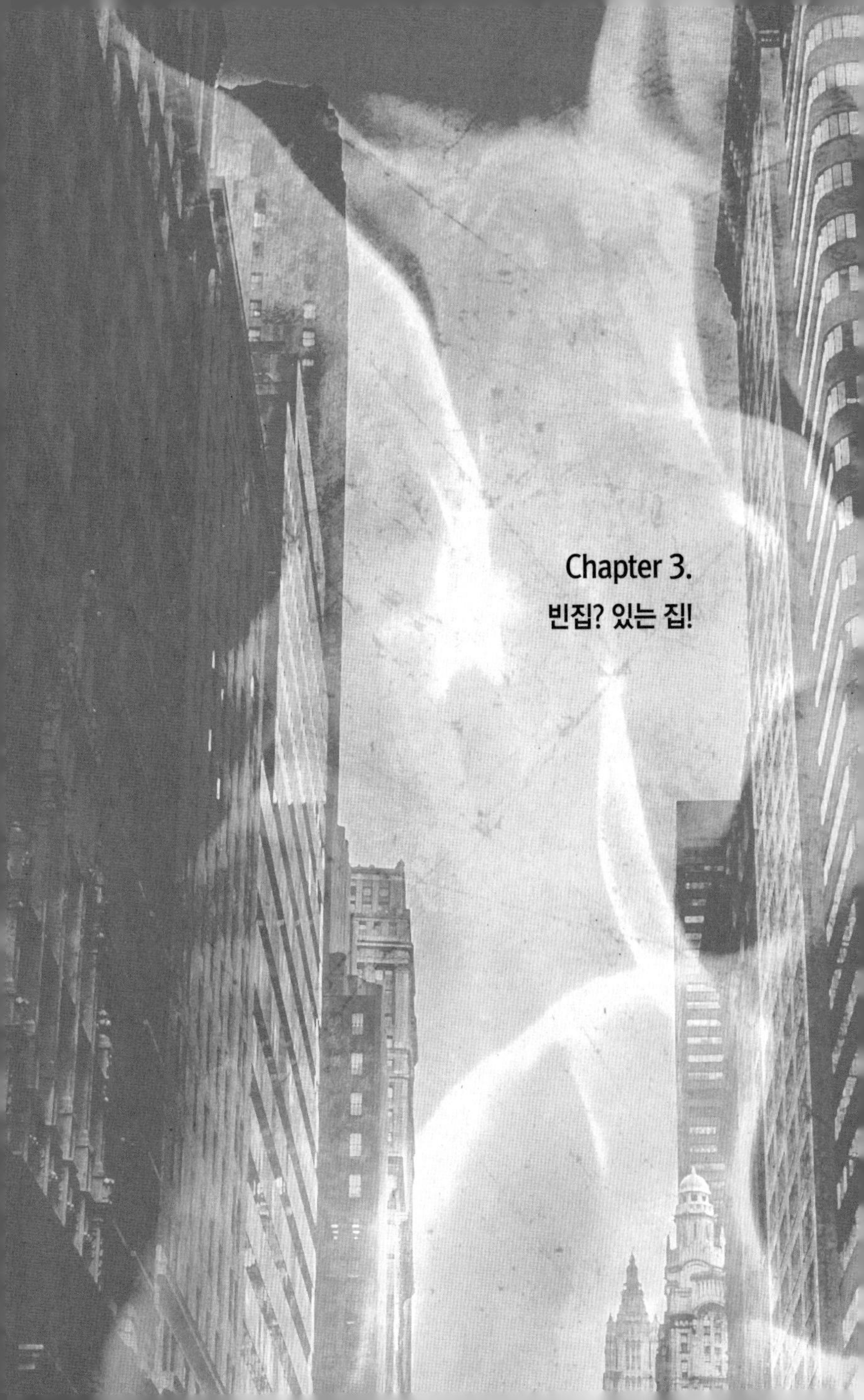

Chapter 3.

빈집? 있는 집!

새로운 지원군이 오고 있는 사이. 새로운 침공군도 있는 법이었다.

나는 정우혁이 곧 온다는 것도 모른 채로, 아니 모를 수밖에 없는 상황에 있었다.

눈앞에 가득한 적들. 그것도 전보다 숫자가 조금 더 늘었다.

거대 길드에서 나온 자들도 있고, 거대 길드의 산하 헌터들도 있었다.

'……보좌관인가.'

사람의 숫자가 많아졌지만, 그중 가장 눈에 띄는 건 둘 정도.

거대한 방패를 든 자가 이환원. 자신의 몸보다 거대한 검을 든 자가 이구철이다.

둘 모두 하나의 몬스터로부터 저 방패와 검을 얻었다고 알려졌다.

둘이며 하나고, 하나며 둘인 자들이다.

거대한 장비를 가지고 둘이서 벌이는 연계기가 그럴싸하여, 어지간한 몬스터들은 둘의 연계기로 쉽게 처리를 한다고 오래 전부터 알려져 있다.

그들이 가장 크게 주목을 받던 때는 꽤 오래 전에 있었던 몬스터 웨이브 시절.

몬스터 웨이브 당시 이환원의 방어에 이구철의 공격으로, 웨이브의 한 축을 막고 방어해 내는 데 성공한 것은 유명한 이야기다.

그때 잠시 대중의 시선을 받은 것으로 알고 있다.

당시 공격대 수준이었는데 이 웨이브 뒤에 길드로 발돋움, 후에는 거대 길드의 산하 길드로 들어갔다고 한다.

그들은 거기서 끝나지 않고, 육욕의 왕의 직속으로 들어가는 데까지 성공했다.

육욕의 왕이라는 말답게 어지간해서는 사람을 믿지도 들이지도 않는 게 그였다.

그럼에도 불구하고 이 둘을 들인 건 굉장히 이례적인 일. 또한 굉장히 빠른 승진이었다.

'꽤 오랜만에 나온 거군.'

지금이야 기억에 잊혀진 자도 꽤 되겠지만, 왕을 상대해야 하는 상황에서 그들 수하들을 파악하는 건 기본 아닌가.

숨겨놓은 자라면 모를까. 이미 드러난 자는 충분히 파악하고 있다.

'신하 정도로 쳐 줘야 하나.'

우스갯소리로 초기의 헌터 중 가장 강한 헌터들을 왕이라 하지 않나.

그들이 왕이라면 그 밑에 있는 자들은 신하라 불려도 이상함은 없을 거다.

그런 자들을 잘도 육욕의 왕이 둘이나 보냈다.

노림수가 있는 게 분명하다.

그리고 그 노림수는. 가장 신경이 쓰이는 것들 몇 개.

'저건 뭐지…….'

그들의 뒤편에는 천으로 보이는 것이 몇몇 개의 물건을 둘러싸고 있었다.

보안이 얼마나 중요한 건지 몰라도 컨테이너에서 꺼내들 때부터 저렇게 천으로 쌓여 있었다.

이를테면 그들의 비장의 무기 같은 느낌.

이환원과 이구철만 하더라도 그것들을 지키기 위해 온 건지, 주변을 떠나지 않고 자리를 지키고 있었다.

* * *

일촉즉발의 상황!

준비한 수. 비장의 무기를 보여주는 게 아닌가 싶었는데,

"어쭈? 아껴?"

천에 둘러싸인 '그것'은 움직이지도 않았다. 미동도 않는다. 보호하듯 몇몇 헌터들만 붙어 있을 뿐이다.

대신 잔뜩 움츠리고, 겁을 먹은 채로 진격을 하는 자들이 있었다.

전에 내게서 물러난 자들과 새로 합류한 것으로 보이는 자들.

거대 길드에서 무구라도 건네줬는지, 죄다 새 것을 끼고 달려오는 것이 겉으로는 그럴싸했지만.

"……진격!"

표정은 겁을 잔뜩 먹은 게 드러나 보였다.

오고 싶지 않은데 어쩔 수 없이 오는 느낌. 누가 보더라

도 그들이 원해서 온 것이 아닌 게 훤히 보일 정도다.

하기는 자신들이 봐도 죽을 자리 아닌가.

설사 내가 죽이지는 않더라도, 부상은 달고 갈 수 있는 자리다.

한 번은 깔끔하게 물러나게 했을지언정 두 번은 아니다. 팔다리라도 부러트려야 직성이 풀릴 상황이다.

"으……."

"달려! 속도를 높여!"

"……젠장!"

간부들이 재촉하지만, 그럼에도 느리게 전진한다.

느려도 꾸준히 전진을 하니 방벽과의 거리는 점차 줄어들어 간다.

*　　*　　*

"쯧……."

저들이 불쌍할 것은 없다.

지금까지 왕들과 거대 길드에 빌붙어서 호의호식하고 잘 살았지 않나. 그 대가를 지금 치르기 위해서 달려들 뿐이다.

개미떼처럼.

'선공을 받아줄 것도 없지.'

화아아아아악—

이능력을 불러 일으켰다.

맞기 전에 먼저 때린다. 그게 내 방식. 지난번이야 명분이 필요했다지만, 이번엔 그것도 아닌 터.

'대량 학살엔 이게 좋지.'

불러일으킨 이능력으로, 이번엔 주작이 아닌 히드라를 소환해 냈다.

—샤아……

머리가 셋 달린 히드라들 여럿이 순식간에 소환된다.

그들을 호위하듯 머리 하나 달린 거대한 뱀들에 전에 보았던 이프리트와 비슷한 것들도 소환됐다.

'중요한 건 상상.'

나의 경험. 힘. 상상.

그런 것들이 뒷받침돼서 나오는 군세.

히드라, 거대 뱀, 이프리트. 하나씩의 힘은 주작보다는 작을지언정 전체의 힘은 전보다 더욱 컸다.

그러고도 여유가 남았다.

"너무 여유로운 거 아닌가, 길드장?"

"……뭘요. 별로 어렵지도 않는데요?"

"하여간에 괴물!"

“그 말도 질린다니까요. 이제 괴물 말고 신박한 단어 좀 생각해 보라고요.”

“크흠…….”

이능력이 부여된 물. 그 물을 불태우고 얻은 화염의 힘이 더해져서인지, 좀 더 수월하게 소환된다.

말은 하지 않지만, 아직까지도 옹을 이용해서 힘을 기르고 있는 터다.

틈 날 때마다 화염을 불어 넣어, 다시 흡수하기를 반복, 꾸준히 강해져 왔다.

내가 가진 힘의 총량 자체가 커져서 전처럼 획기적으로 성장은 못 하지만 그래도 성장은 성장이다.

거기다 성벽 전체를 휘감고 있던 이능력의 물, 그것도 다른 이의 버프가 부여된 물을 불로 만들어 흡수했으니 전보다 강해질 수밖에.

저들도 알아야 할 거다. 전투가 진행이 되면 될수록 내가 더욱 강해지고 있는 상태란 걸.

쓸데없는 소모전은 저들에게 피해만 준다는 걸 알아야 했다.

하기는 알고 있으면 이런 방식으로 오지도 않았을 거다.

‘멍청한 놈들.’

전략도 없이 달려들고 있는 놈들을 향해서 손짓을 했다.

—그어어어어!

—샤아……

의지를 받든 화염의 군세가 적을 향해서 쳐들어간다.

*　*　*

머리 넷이 넘어가는 히드라급만 돼도 흔히 레이드급이라고 한다.

이프리트도 레이드급이다. 거대 뱀의 경우는 레이드급은 아니지만, 크기가 클수록 더 강하고 오래 묵은 개체다.

그런 것들이 화염으로 몸을 구성하고 방벽 아래를 기어 내려온다.

하나도 아니고 수십.

그 수십이 가득 힘을 안고 사방팔방으로 흩어지며 거대 길드를 마주한다.

—샤아아아……

그 육중한 육체로 방벽을 내려오는 그 장면이란!

영화 속에서 나오는 괴수 이상이었다.

김기환이 서 있는 방벽이 마왕의 성이고, 그 성을 지키는 호위군들이 죄다 쏟아져 나오는 느낌이었다.

김기환은 그저 성벽에서 그들을 오시하고 있을 뿐인데

도, 압박감이 전해질 정도.

"미친……."

"무슨 레이드도 아니고……."

모두가 질린 표정을 짓는다. 하지만 물러나는 자는 없었다.

위에서부터 내려온 명령이 있었다. 아니 정확히는 협박이 있었다.

패배는 용납한다고 하더라도, 도망은 용납하지 않는다 말했다.

이번 전투에서의 도망은 어떤 식으로든 보복을 당할 거라 했다.

그러니 겁에 질려 있으면서도 나온 거다.

위로부터 보복이 당할 것이 두려워서! 의지가 없음에도 나섰다!

'시간 끌기밖에 더 되냐고!'

'시불…….'

안으로는 잔뜩 불만을 표하면서도, 그들은 그 불만을 바깥으로 말할 수는 없었다.

그들은 이미 거대 길드에 충성한 지 오래된 개.

주인을 무는 방법을 모르게 된, 거세된 지 오래인 개들이다.

힘을 모아 위에 불만을 표출한다면, 그것이 설사 이능력이 아니라 작은 촛불이라고 할지라도 힘을 보여줄 수 있을 터인데.

그들은 그리할 줄을 몰랐다. 너무도 오래전에 거세됐다.

불만이 있으면서도, 그 불만을 풀 줄 모르는 개돼지가 된 이들은 자신의 손에 들린 무기를 꽉 쥐었다.

—캬아!

그들을 맞이하는 건 거대한 형체를 가진 화염의 괴수들!

방벽에서 기어 내려온 괴수들은 어느새 그들 가까이에 도달해 있었다.

"버텨! 버티라고!"

"시바아아아알!"

고오오오오오—

괴성을 내지르면서 맞부딪쳐 간다.

그들이 할 수 있는 최선을 보이기 위해서! 개돼지로라도 살아남기 위해서!

충실한 충견이 돼서 눈을 질끈 감고 괴수들을 향해서 달려들기 시작했다.

*　*　*

—샤아!

히드라의 머리 하나가 으깨진다. 지속적인 공격에는 히드라라 해도 어쩔 수 없었다.

전설상의 히드라와 다르게 이 세계에 있는 몬스터 히드라는 무한한 재생을 하며 머리가 늘어나지 않는다.

그렇기에 하나씩 머리를 으깨는 것이 히드라를 죽일 수 있는 정석의 방식.

문제는.

"재, 재생을 했어!?"

"말도 안 돼!"

그들이 상대하고 있는 히드라는 몬스터가 아니었다. 신화 속의 존재 또한 아니었다.

나의 불의 힘을 빌어서 태어난 새로운 형태의 군세였다. 그 모습은 히드라를 따왔을지언정, 같은 히드라가 아니다.

그러니 나의 힘이 계속되는 한, 계속해서 불타오른다.

머리 하나가 사라져도, 다시금 불타오르면 그마저도 재생된다.

"아악…… 치료!"

"시바! 여기도 재생됐다고!"

꺼져도 꺼지지 않는 촛불처럼. 힘을 모으면 강해지는 불의 속성을 가진 것처럼. 불의 군세는 겉모습에 구애치 않고, 힘이 계속되는 한 계속해서 재생을 했다.

—그오오!

또한 복수를 할 줄 알았다.

불타오르고 있는 자신의 몸을, 꺼트리려는 존재들. 자신들에게 덤벼오는 거대 길드를 상대로 흉포한 이를 드러내고 헤집는다.

화염의 브레스를 날려가며 눈앞의 적들을 분쇄해 갔다.

그들은 당하고만 있지 않으며, 당한 만큼 그대로 보복을 하였다.

"햐……."

내가 일으킨 군세지만 그 모습에 잔뜩 감탄을 하고 있을 무렵.

"길드장님!"

"또 뭐야!?"

방벽의 안. 아래에서부터 나를 부르면서 다급하게 오는 길드원이 하나 있었다.

*　　*　　*

길드원이라고 하지만 아직 앳된 티가 남아 있었다.

운이철이 선별한 아이들 중에 하나다. 이제 막 성년이 되었고, 실력은 갈고닦는 중. 그렇기에 본부에 남아 있었다.

그래도 길드에 관한 충성심은 컸다. 또한 길드에 대한 애착심은 누구에게도 지지 않았다.

우리가 그들을 위해서 많은 것들을 해 왔으니 그도 당연한 일.

그런 길드원의 얼굴에 다급함이 보였다.

"본부에 일단의 무리가 들어왔습니다. 그것도 둘이나요!"

"뭐? 어떻게?"

놀랐다. 본부를 대비해 놨더니, 대비해 놓은 범위를 벗어나 본부 가까이에 적들이 온 듯했다.

그것도 두 무리나.

'말이 돼?'

공교롭게 둘이나 되다니. 우리 약점을 너무 잘 치고들어왔지 않나.

'첩자라도 있는 건가?'

배신자.

라는 생각이 순간적으로 스쳐 지나갔지만 이내 고개를 휘휘 저었다.

당장 배신자를 색출할 시간도 없다. 무리다. 안을 정리하기에는 바깥의 적이 많았다.

그건 나중에나 할 일이다.

문제는 둘이나 되는 무리가 쳐들어 왔다는 데 있다.

화아아아아악—

힘의 출력을 더욱 높였다. 불의 힘을 받은 군세가.

—캬아아아.

—그어.

더욱 크게 날뛰기 시작한다.

동시에 대답이 들려온다.

"갑작스레 공간이 열리고 그 안으로 들어 왔습니다. 하나가 먼저 들어와서 본부로 진입을 하려 했고. 다른 하나는 아직이었습니다."

"확실하게 말해. 어떻게 움직이는데?"

"두 무리가 오자마자 바로 이곳으로 달려오느라…… 자세한 사항은 저도……."

괜히 죄스러운 듯 고개를 푹 숙인다.

하지만 이 녀석의 잘못은 아니었다.

힘이 부족한 가운데 본부에서 방벽까지 달려오는 것만으로도 이 녀석으로서는 목숨을 걸고 달려온 거다. 탓할 게 아니다.

"됐다. 이 정도로도 잘했어. 일단은 여기서 대기해."

"옙!"

"나머지는 내가……."

어서 이 군세를 물리치고, 나머지는 내가 안에 가서 처리한다 말하려 했다.

당장 이곳은 빈집. 모든 힘은 내게 집중이 된 상태이지 않나.

준비한 것들은 많았지만, 지금 다 까발리기에는 상황이 일렀다. 그건 뒤로 미뤄야 했다.

해서 움직이려 했건만.

그그그그극—

가려져 있던 천이 풀리며 안에 있는 것이 모습을 드러냈다. 봉인이라도 되는 듯 붙어 있는 마법진과 같은 것들이 희미하게 빛나다 사라진다.

"저건 또 뭐야……."

그긍—

뒤에 있던 후방대.

전열이 나의 군세에 아작이 날 때도 버티던 왕의 수하들이 그것들과 함께 움직이기 시작했다.

누가 봐도 노린 것이 분명했다. 타이밍을 노렸다.

"젠장!"

앞도 뒤도 적인 상황이 되었다. 그때는 그렇게 생각을 할 수밖에 없었다!

*　*　*

'그 형이…… 예측을 한 건가? 운이철 그 괴물이? 여기 없는 걸로 아는데.'

정우혁에게 있어 김기환은 약간 모자란 형이다. 모자람에도 노력하여 그 모자람을 채우는 것이 멋지긴 하지만 말이다.

그래도 좋은 협력자고 믿을 만한 동지였다. 현재까지는.

그런 김기환의 요청이 있었다.

이서영이 쓰러졌으니, 어서 움직여 달라는 요청. 계획을 좀 더 빠르게 실행하라는 요청이 있었다.

예정보다 빨라진 것에 힘이 부쳤으나, 그 요청을 묵살할 수도 없지 않나.

자신의 힘을 모아서 움직였고, 예정보다 몇 주는 이르게 움직이는 데 성공했다.

소수이기는 하지만.

"대체 뭐여 저건?"

"흐흐. 한바탕이로구나!"

그의 모든 것이나 다름없는 자들과 바로 이곳으로 공간을 넘어왔다.

자신이 게이트를 열었고, 그걸 통과해 왔다 이 말이다.

그런데 어째 반기는 김기환은 없고, 눈앞에 웬 정체를 모를 자들이 있지 않은가.

김기환의 자라난 길드원은 결코 아니었다. 그들은 사냥터에 나가 있음을 누구보다 잘 알았다.

때때로 지원물품을 지원했던 게 정우혁 그였으니 모를 리가 없었다.

그런데 오자마자 새로운 인물들이라니?

'거기다 게이트?'

거기에 자신의 이능력과 비슷한 게이트가 열려 있다. 자신의 것보다는 작지만 여러 개가 열려있었다.

공간에 있어서는 자신이 '지배자' 이자 '포식자' 인 정우혁이었다.

감히 자신의 앞에서 게이트를 연 자가 있다니, 순간적으로 열이 뻗쳐 나오기 시작했다.

지금 이 한국에서 공간을 다룰 줄 아는 자라면 손에 꼽을 정도.

그중 대다수는 자신의 아버지의 힘을 탐하여 배신하고 힘을 얻은 자들이다.

아버지의 죽음으로 공간에 대한 지배권이 여럿으로 찢어졌었다.

'그중 하나인가……'

정우혁의 얼굴이 굳어져 간다.

뛰어난 머리 덕분에 금세 계산이 서버린 거다.

자라난에는 아버지를 배신한 자가 없다.

공간 관련한 능력자도 없다. 있어 봐야 아직 아이들일 뿐. 그마저도 가능성이 보이는 정도다.

이런 게이트는 절대 열 수가 없다.

그런데 게이트가 열려 있다면?

배신자가 있다는 소리다. 배신자의 대다수는 육욕의 왕을 포함한 왕들에게 충성을 맹세한 지 오래인 터.

그럼 뻔하지 않나.

왕에게 충성한 자. 정우혁의 아버지를 죽인 자들 중에 하나. 잊지 말아야 할 힘을 탐한 자.

그런 자가 공간을 열었고, 보기 좋게 자라난 길드의 빈집을 쳐들어 왔다.

배신자는.

'죽여야 해.'

용서 없이 죽여야 했다. 그게 정우혁이 아버지의 시신을 두고 한 맹세다.

평소의 정우혁답지 않게 서늘한 목소리가 울려 퍼진다.

"진격하세요. 모두."

"……맡겨 둬."

"알았다!"

평소라면 장난이라도 몇 번 치고 들어 왔을 정우혁의 수하들이다.

이들은 위아래 상하관계로 나눠지기보다는, 때로는 친구처럼 또 때로는 동료처럼 움직이는 힘이었다.

하지만 지금만큼은 그들도 진지했다.

전장의 한복판에서도 웃을 줄 아는 여유가 있는 그들이었지만, 지금은 그럴 수가 없었다.

그들도 알기 때문이다.

이런 공간, 지금의 게이트를 열 수 있는 자가 몇이나 되는지. 정우혁이 어떤 사연이 있는지 알기에 잡스런 장난은 치지 않았다.

대신 자신들의 무기들을 꽉 하고 쥐었다.

부우웅—

봉을 쥔 자는 자신의 봉을 길게 연결하여 휘두르며 나아가기 시작했다.

"놀아 볼까!"

검을 든 자들은 특이하게 역수를 취하고서는 공간을 격해 갔다.

"……이쪽도 간다고!"

뒤이어서 가는 것은 특이하게도 탱커. 탱커이면서 동시에 온몸을 무장하고 있는 자들이 뒤늦게 뛰기 시작했다.

모두가 정우혁의 지원을 받아, 능력 이상으로 뛰어난 장비들을 갖춘 터.

정우혁이 아버지로부터 이어받은 것들로 무장을 한 이들은 항상 자신들이 갖춘 이능력 이상의 힘을 보였다.

그렇기에 이들은 소수여도 강했고, 강했기에 의지를 관철할 수 있는 자들이었다.

'……끝을 내자.'

자신의 원수.

그들 중에 하나를 처리하기 위해서 정우혁이 걸음을 옮기려는 그때. 그를 잡아두는 목소리가 있었다.

"후후. 왜 그러나? 자기? 왜 이렇게 얼굴이 굳었어?"

검은 로브다.

정우혁의 진지함을 모르지 않을 그다. 때로 정우혁 이상으로 머리가 비상하게 돌아가는 게 그였다.

그런데 지금은 꽤나 장난기가 섞여 있는 얼굴이었다.

"……당신, 적어도 분위기 파악은 할 줄 알지 않습니까? 비켜주시지요?"

"흐음! 이쪽은 해야 할 일이 무엇인지를 모르겠는데? 저쪽을 파쇄하는 건 당신으로도 충분하지 않아?"

"……"

검은 로브.

그는 이곳에 있는 자들의 힘을 전부 가늠한 듯했다. 그리고 계산을 했겠지. 과연 이들의 전력과 적들의 전력이 얼마나 될지를.

결론은 정우혁과 그의 수하들로도 자라난을 기습하러 온 자들을 처리하는 데는 충분하다는 계산이 떴을 거다.

그렇기에 묻는 거다.

자신은 어떻게 해야 하냐고. 용병으로서 자신이 해야 할 일은 무엇이냐 묻는 거였다.

말투는 꽤나 마음에 안 들지만 좋은 지적이다.

"당신은 방벽으로 가세요. 거기서 마음껏 날뛰어주시면 됩니다."

"후후. 좋아. 좋다고."

정우혁으로부터 받은 공간 장치. 특별히 구입한 것들이 담긴 그것을 탕탕 치며 자신감 어린 표정을 짓는 검은 로브였다.

"그럼 먼저 간다."

스으으—

그의 말이 끝남과 동시에 그의 몸이 햇살 아래에서 사라져 간다. 투명해져 간다.

마법과도 같은, 아니 정말 마법의 능력을 가진 그이니 이동한 게 분명하다.

이제 정우혁에게 남은 것은 단 하나.

'격살.'

그의 청년기를 망가트린 적들을 격살하는 것.

이미 많은 자들이 붙고 있었다. 개중에는 이미 서로 안면이 있는 자들도 다수였다.

"쓰레기 같은 배신자 새끼!"

"닥쳐!"

"빌붙고 사니 좋더냐!"

후우우웅—

봉을 휘두르는 자는, 자신과 똑같이 봉을 휘두르는 자를 향해서 얼굴을 붉히고 있었다.

같은 종류의 봉에 같은 종류의 움직임을 보인다.

이들은 형제는 아니더라도 동문. 같은 사부로부터 봉술을 배웠고, 비슷한 이능력을 얻었다.

하나는 자신의 애병을 강화하는 이능력을, 다른 하나는 자신의 몸을 강화하는 이능력을 부여받았다.

덕분에 비슷하면서도 다른 방식의 전투를 펼쳤다.

"언제나 너는 그런 식이었지! 그렇게 이기고 싶었냐? 배신자 놈아!"

"닥치라고 했다!"

다만 전투 방식은 달라도 전투력은 비슷했다.

같은 사부를 통해 같은 기간을 배웠기에 그럴지도 몰랐다. 재능 또한 비슷했던 터다.

하지만 그 둘은 단 하나가 달랐다.

"네놈이나!"

"어디 이거나 먹어라!"

배신을 한 자는 새로운 힘을 얻지 못했다. 그대로였다. 달라질 수가 없었다.

하지만 끝까지 정우혁을 지켰던 자는.

고오오—

"무, 무슨!"

정우혁의 힘 일부를 받았다. 끝까지 남은 대가로 얻은 힘이었다.

잠시지만 공간을 격할 수 있는 힘. 촌각의 아주 작은 시간이지만, 그걸로도 일합을 가르는 데는 충분했다!

퍼어어억—

공간을 격하고 온 봉이, 그대로 상대편의 가슴에 작렬한다.

비슷했던 실력을 가진 둘의 격차가 순식간에 판명 난다.

"큿……."

"……어디 한번 끝까지 가 보자고."

배신자가 고통스러워한다. 승패는 결정 났다. 하지만 독하게 마음을 먹은 건지 계속해서 대결을 이어갔다.

전투의 승패는 정우혁 쪽에게로 기울어가고 있었다. 굳이 정우혁이 나설 것도 없었다. 하지만.

'찾았다.'

자신이 목표로 했던 자를 찾은 정우혁이 달려 나간다.

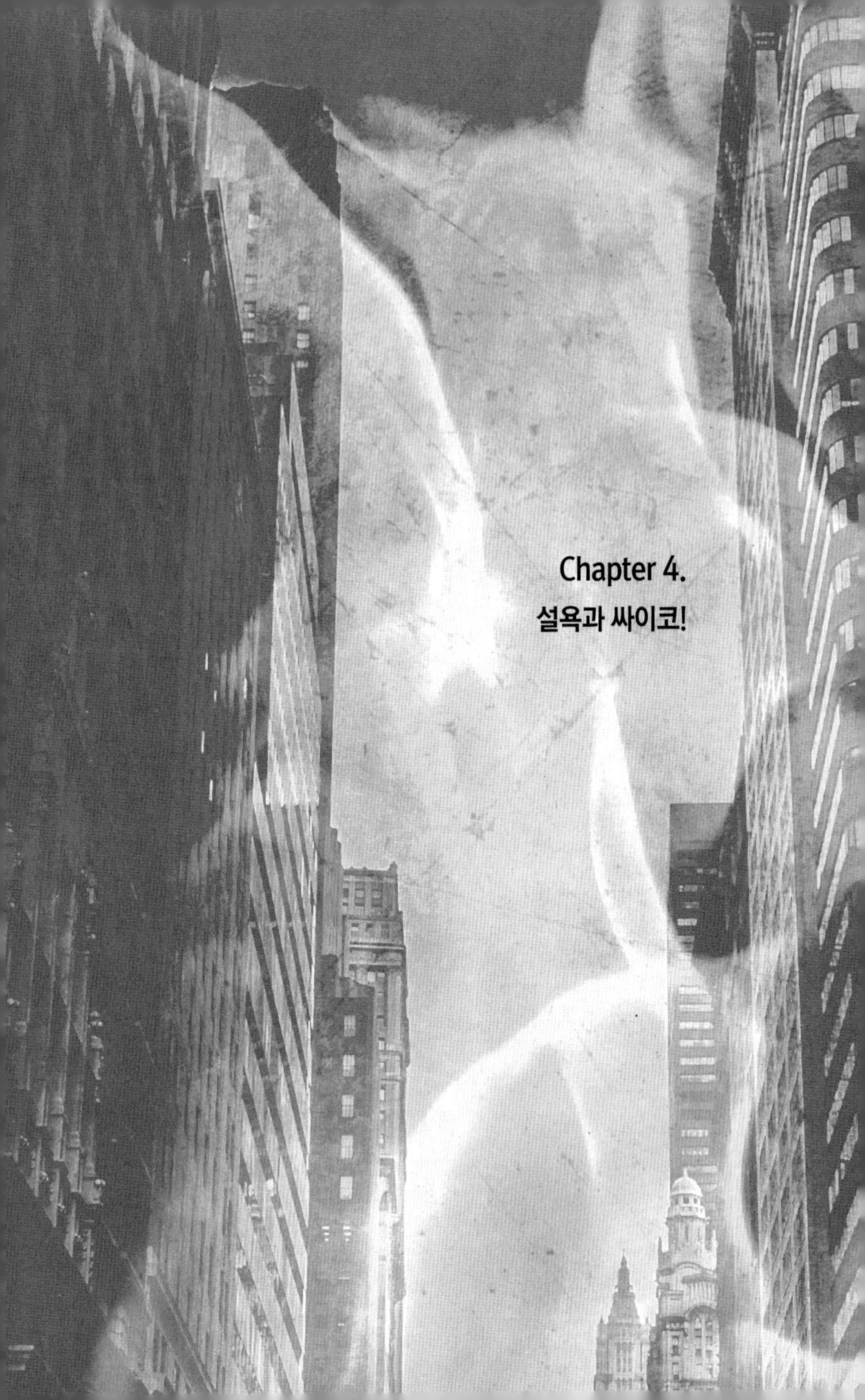

Chapter 4.
설욕과 싸이코!

피육—

공간을 바로 격한다. 접히듯 사라진 정우혁이 모습을 드러낸 것은 한 인물의 앞.

30대 정도의 나이. 준수한 외모. 멋들어진 외투를 걸친 채로 꽤나 우수에 젖은 표정을 하고 있는 인물 앞에 정우혁이 모습을 드러냈다.

정우혁은 살기를 감추지 않았다.

“잘도 여길 왔군! 이준자.”

“정우혁!”

“더러운 입은 닥치지?”

그 살기에 상대의 눈이 크게 떠진다.

"네놈이!"

선수필승.

콰악—

정우혁은 바로 이능력을 발휘했다.

공간의 검을 만들어 그대로 이준자에게 긁고 들어간다. 이준자에게 있어 익숙한 기술이다.

타악!

"어림없다!"

그 또한 같은 기술을 사용할 수 있으니까.

공간의 검.

공간 자체를 갈라 막을 수 없는 상처를 만들어 내는 이 검은 정우혁 아버지의 특기.

또한 모든 배신자들이 기본적으로 사용할 수 있는 무기기도 했다.

익숙한 손놀림으로 정우혁의 검을 막아간다.

카즈즈즈즈즉—

공간과 공간이 부딪친다. 서로를 배척한다. 공간이 갈린다.

순간적으로 알지 못할 공간이 보이다가 사라진다. 공간 부딪침의 후유증이다.

"해 보잔 거냐!"

"……."

이준자의 말에 정우혁은 답을 하지 않았다.

대신 양손에 검을 쥐었다. 하나의 검을 더 형성해 내는 데 성공했다.

쓰아악—

공간을 가르고 만든 검이 쑥하고 길어진다.

"음……."

이준자가 침음성을 삼킨다.

공간의 검이 기본적인 검이라고 하지만, 쉬운 것은 아니다.

실시간으로 공간을 가르는 검을 만든다는 건 실시간으로 공간을 조종하는 것과 같다는 이야기다.

이능력을 계속해서 발휘하며, 동시에 공간을 조종한다?

쉬운 일일 리가 없다!

그런 걸 잘도 정우혁은 둘을 형성해 냈다. 이준자도 하자면 할 수 없는 건 아니지만, 쉽게 되는 일은 아니었다.

그러고도 모자라 정우혁은.

"……큿."

원거리로 공간을 점하고, 절개하고, 쪼개기까지 했다.

양손으로 검을 다루면서, 동시에 원거리로도 공간을 다

루다니!

정우혁의 아버지 그라고 하더라도 쉽게 하지 못하던 기술이다. 말년에나 이루었던 그것을 정우혁은 쉽사리 발휘하고 있었다.

이준자의 눈에 그 옛날 그가 모시던 정우혁의 아버지가 가진 실루엣이 오버랩된다.

"……뛰어넘었나."

"시끄러워."

잘도 피하고 있지만, 무리.

이준자가 피하는 공간을 정우혁은 계속해서 잘라간다. 조각가가 세밀한 조각을 하듯, 이준자의 주변을 전부 자른다.

공간 그 자체를!

거미줄로 먹이를 죄는 거미처럼 조금씩, 조금씩 그를 둘러싸 간다.

이준자라 해서 가만 있는 것은 아니었다.

아류지만 그 또한 공간 능력자. 오랜 시간 헌터로서 살아남아 수라장을 헤쳐 온 자였다.

정우혁이 점한 공간을, 그의 이능력을 이용해서 다시금 공간을 점해 갔다.

뺏기면 다시금 뺏으려 이능력을 사용했다.

공간을 점하고, 뺏고, 뜯어내기를 반복!

이것은 체스 싸움과 같았다. 누가 더 효율적으로 힘을 사용하느냐, 누가 더 효율적으로 공간을 자르느냐가 중요했다.

어떻게 상대의 목을 죄어 체크 메이트를 하느냐가 어느 때보다 중요한 전투였다.

공간 이능력자의 전투는 언제나 수 싸움으로 시작했고 수 싸움으로 끝났다.

하지만 그런 수 싸움도.

'……기환 형의 방식이지. 이건.'

압도적인 힘 앞에서는 무의미하게 된다.

이준자가 삼 분의 일. 정우혁이 삼 분의 이.

자신의 주변에 있는 공간을 이준자가 확보하고 있었다. 아주 잠시 전까지는!

하지만 순간적으로 반전이 된다!

고오오오오—

이준자의 주변에 있는 모든 공간이 전부 정우혁의 것으로 반전된다.

아주 작은 공간의 틈조차 없이 모든 공간이 정우혁의 것으로 들어왔다.

이건 정우혁의 아버지조차 하지 못했던 경지였다. '공

간' 이라는 이능력에 정우혁은 또 다른 무언가를 부여하는 데 성공했다.

이를테면.

'포식……'

모든 것을 먹는 포식(飽食)의 이능이 부여된 듯 순식간에 모든 공간을 잡아먹었다.

이 기술로 정우혁도 이미 지친 듯, 그가 가진 이능력의 힘이 순간적으로 약화된다.

하지만 이미 이준자의 주변 공간은 그의 것이 된 지 오래다. 더 반항할 힘도, 반항할 수도 없는 상황이다.

그제서야 직감을 했을까.

"……줄을 잘못 탔군."

"시끄러. 배신자 새끼 주제에 줄타기를 실패했다고 생각하지 말라고."

"후후. 그 어릴 적엔 철부지였는데 말이지. 끝내라."

"얼마든지."

~~푸우우우우욱~~

공간을 가르는 정우혁의 검이 옴짝달싹하지 못하는 이준자의 상체를 그대로 훑고 지나간다.

공간 그 자체가 사라진다. 남은 공간마저 정우혁의 것이 된다.

"쿡……."

자신의 육체에 있던 공간이 사라진다고 하는 것은, 죽을 수밖에 없는 상처가 된다. 작은 상처라도 치명상이 된다.

"……어디 네놈도 왕이 되는가 보자고."

"이미 왕이다."

"……."

아무런 말도 없이 이준자가 사라져 간다. 아니 삭제되어 간다.

마지막 남은 이능력이라도 발휘한다면 조금이나마 목숨을 연명하겠지만, 그는 그러지 않았다.

패배를 인정했다. 마지막이나마 깔끔하게 사라져갔다.

'……하나의 끝.'

그의 마지막을 정우혁은 눈 하나 깜빡이지 않고 끝끝내 바라봤다. 피하지 않았다. 자신이 만들어낸 결과를 음미했다.

해냈다는 성취감이 그의 온몸을 삼킨다. 그러며 동시에.

"대장!"

"알았다고!"

자신이 갈 자리를 찾아간다.

정우혁의 군세. 그를 따라 오는 동료들. 그들을 향해서 다시금 달려간다.

한 손에는 공간을 자르는 검을. 다른 한 손에는 공간을 포식하는 검을 쥐고서.

*　*　*

"이 미친!"

무슨 공성 병기인가.

천이 가리고 있던 것은 거대한 포신이었다. 아니 대포라고 하는 것이 어울렸다.

마법적인 처리라도 된 듯 이곳저곳 형이상학적인 문양이 박혀져 있었는데, 문양만 보고 있노라면 그 자체가 예술품과 같았다.

문제는 어디 실용적으로 쓸데도 없는 예술품이 아니라는 것이었다.

저건 실용적이다 못해 이상적인 무기였다.

'이능력 무기라니…….'

고오오오오—

무기의 주변에 있던 자들. 끝까지 전투에 참여하지 않은 채로 전투를 지켜보던 후방에 있던 자들.

그들은 조종자였다.

저 무기를 쥐고 컨트롤할 수 있는 조종자!

그들이 이능력을 일으키자.

그긍—

무기가 움직이기 시작한다. 그들이 이능력을 부여하자, 포신으로 보이는 곳에 환한 빛이 어리기 시작한다.

그것으로도 모자라 그들은.

'쏟아 붓는군.'

요요하게 빛나고 있는 포신에 잘도 손을 가져다 댔다. 그리고 품에 있던 정석을 꺼내서 집어넣었다.

화아아악!

정석을 먹은 덕분일까.

안 그래도 밝게 빛나던 포신의 요사스러움이 더욱 강해진다.

'……강하다.'

인정하기 싫지만 힘이 증폭됐다.

힘의 총량 자체가 강해졌다. 정석 몇 개, 김기환보다 못한 이능력자 몇이 힘을 보탰을 뿐인데도 어마어마한 힘이 느껴진다.

증폭이 된 게 분명하다.

그리고 그 증폭된 힘을 놈들은 제대로 사용할 줄 알았다.

"……이능력 증폭포 아닌가. 저거. 전쟁 때나 드러내는 건 줄 알았는데."

"뭐요?"

순간적으로 움찔할 이름이었다.

대체 누가 지은 거냐. 이건. 너무도 솔직하며 직접적인 이름 아닌가! 너무도 솔직해서 심각했던 분위기에도 움찔할 정도다!

"몰랐나. 저거 길드에 있는 한철 장인님이 고안하고 만든 건데?"

"하……."

거기다 만든 양반은 내가 아는 양반일 줄이야.

그 양반 천재인 것은 알고 있지만, 이런 것들을 잘도 만들어 낼 거라곤 생각도 못 했다.

하기는 무구도 만들어내는데 병기를 만드는 게 힘들 리가 없기는 했다.

그라면 생각보다 쉽게 만들어 낼 수 있을지도 몰랐다.

문제는 한철은 아군이 된 지 오래인데, 그가 만든 병기의 포신은 우리를 겨냥한다는 것.

"소싯적에 약한 헌터들도 몬스터를 잡을 것들을 만든다고 만드셨다지? 그 뒤로…… 이상하게 쓰인 걸로……."

"……젠장."

이호준의 말마따나, 한철이 만들어 낸 증폭포는 이상하게 쓰이기 시작했다.

그들의 포신이 가리키는 쪽은 이쪽.

이호준이 애써 만들어낸 방벽과 내가 만들어낸 나의 군세를 향해서였다.

"발사!"

고오오오오오오—

마지막까지 요사스럽게 빛을 뿌리던 증폭포의 포신이 순식간에 불을 뿜어낸다.

이능력을 불처럼 쏘아내는 광경은 마법처럼 찬란하기까지 했다!

하지만 그 결과는 찬란하지 못했다!

콰아아아앙!

—그오오!

—샤아.

뱀의 형상을 유지하고 있던 거대한 불의 뱀이 쪼그라든다.

다섯이 넘는 머리를 만들어 냈던 히드라의 목 반수가 사라진다. 어마어마한 타격에 바로 재생도 하지 못한다.

작은 이프리트 형상을 하고 있던 것들은 그대로 녹았다. 그들의 발밑에 남아 있는 탄 흔적과 재만이 그들이 존재했었다는 것을 알리는 흔적이 됐다.

"……미친."

화아아—

이쪽이라고 가만 있지는 않았다. 힘을 다시금 키웠다.

—캬오!

군세에 더 힘을 불어 넣어 줬다. 적들의 포신을 향해 공격을 하도록 명령했다.

명령을 내리는 그 순간까지도.

콰아아아앙!

놈들은 끊임없이 포를 쏘아대기 시작했다.

"연사까지 되는 거냐!"

"……병기라고 했잖나."

포가 터질 때마다 군세가 녹아들기 시작한다. 힘은 아직 여유로웠지만, 이렇게 계속해서 포가 터지면 이쪽도 힘들다.

"소장님! 어서 방벽에 있는 것들이나 꺼내 들어 보라…… 어?"

지금껏 숨겨 왔던 것. 방벽에 설치한 것들에 대해서 꺼내 보라 말할 상황에 익숙하지만 낯선 이의 인기척이 느껴졌다.

"여어? 그게 뭔데?"

"너! 여기는 어떻게?!"

검은 로브가 나의 옆에 모습을 드러내고 있었다.

햇살 아래에서 그림자를 만들어내고 그 그림자에서 걸어 나오는 장면은 오싹하면서 경이로울 정도!

잘도 그런 짓을 한 주제에 놈은 여유로웠다.

"의뢰 받아 왔지. 후후. 네 길드원들이 잡은 것들이 의뢰금이 됐다지?"

"시끄럽고! 움직여!"

"휘유. 여기 왕들은 어찌 이리도 급할까나?"

따악!

그가 손을 튕긴다.

*　　*　　*

그가 손을 튕기자, 밝기만 하던 햇살이 사라진다.

일대에 어둠이 내려앉는다. 그만의 무대가 순식간에 만들어진다. 오롯이 그만을 위한 어둠의 무대다.

'역시…… 강해.'

어둠이 곧 그의 힘이 된다. 힘이 곧 그의 강함이 된다.

그의 지배를 받는 힘은 죽음마저도 거스른다.

"……미친!"

갑작스럽게 찾아온 어둠에 포격조차도 잠시 멈춘다. 적들도 당황을 한 거다. 낮이 갑자기 밤으로 바뀌는 모습이란 본능적인 공포를 안겨줄 수밖에 없었다.

“어때? 모습만 드러내도 이 정도라고.”

“퍽이나. 저쪽도 금세 정신 차릴 거다.”

“하여간에…… 이쪽 놈들은 칭찬에 박하다니까.”

얼핏 삐친 표정을 짓고 있는 그는 가벼워 보이나, 왕이다.

죽은 자의 왕이다.

오직 그만이 연원을 아는 마법서를 통해 우연찮게 힘을 얻었고, 각성을 했다.

그 부작용으로 그 자신도 부끄러워하는 중이병스러운 말투가 쏟아지곤 하지만 힘만큼은 말투에 걸맞은 힘을 가지고 있었다.

모든 죽은 자를 부릴 수 있으며, 죽어서 자신의 부활을 꿈꿔 왔던 이조차 역으로 다스리는 데 성공했다 들리는 자였다.

다행히도 우리와는 다른 식으로 힘을 쌓았기에 충돌할 일은 없이 서로 협력 관계를 구축할 수 있었다.

그 결과로 우리의 의뢰를 받아 여기에 왔다. 홀로.

녀석의 약점은 하나.

“네 잘난 부인님은 두고 온 거냐? 혹시…… 또 도망쳐 온 거 아니고?”

"읏…… 시끄럽다! 아직 정식으로 청혼도 안 했다고! 내 일도 안 끝났거든!"

"……강하면 뭐해. 마누라가 천적인데."

그의 부인. 아니 정확히는 부인이 될 그녀.

그와 역상성이 되는 힘을 가진 그녀는 그에게 가장 강한 상성을 지녔다. 그가 이기기 힘든 힘을 지녔다.

'기묘하다니까.'

죽음을 다스리는 자의 왕이면서도, 동시에 마눌님의 다스림을 받는 자라니.

'이쪽도 상성 덕분에 녀석한테 질 일은 없다지만…….'

나와 거의 비슷한 힘을 지닌 존재. 일인 군대나 다름없는 그가 한 여인에게 잡혀 사는 건 꽤나 기묘한 일이었다.

"……돈 많이 벌어 오면 봐준다고 했다. 아, 시체도. 그러고 너도 만만치 않잖아?!"

"……뭐가!"

"듣기로 넌 둘이라며!? 이 바람둥이 놈아! 나는 그래도 하나라고!"

"시끄럽다! 너도 따지고 보면 둘이잖아?"

"……헹. 너도 어서 선택이나 하라고."

입술을 삐죽이면서 궁시렁대는 모습에, 심각한 상황에서도 웃음이 나올 정도.

그때다.

고오오오오—! 고오—!

어둠속에 잠시 움직임을 멈추었던 증폭포의 포신에 다시금 빛이 어리기 시작했다.

모든 것이 밤하늘처럼 어두워진 가운데, 밝게 빛나는 포신이란. 어둠을 가르는 한 줄기의 빛과도 같았다.

겉모습만 보고 있자면 마치 그들이 정의. 어둠을 부른 이쪽이 악으로 보일 정도.

'재밌다니까.'

저들이 악이나 다름없을진대, 이쪽이 악으로 보이다니.

역시 세상이란 모순적이지 않은가.

어쨌건 이왕 힘을 가진 자가 이쪽의 편으로 왔다. 제대로 써먹어야 하지 않겠는가.

바로 미끼를 던졌다.

"이번 일 잘하면 덤으로 이번에 얻은 귀한 것도 줄 테니까. 한번 힘을 써보라고."

"오오! 그 말 잊지 않겠다고! 역시 너는 쫌생이 정우혁과 다르단 말이지!"

그리고 죽은 자의 왕은 미끼를 물었다!

따아악—

아까보다도 더 힘차게 손을 튕기기 시작한다.

*　　*　　*

그게 신호였다.

—그어어어

—그어

퍼억.

손이 땅을 뚫는다. 뚫린 땅에서 시체들이 비집어 나오기 시작한다.

이미 오래전에 죽었을 몬스터. 웨이브 당시 죽었을 헌터. 그보다 오래전에 죽었을 자들까지.

그의 영역 아래에 죽은 자들이 일어나기 시작한다.

그로도 만족하지 않았다.

쯔아압!

정우혁이 만들어줬을 특제 공간장치. 그 안에서 있던 시체들을 꺼내 들기 시작했다.

"나가라. 흐흐."

—그어어어!

여러 개의 몬스터가 기묘하게 뒤섞인 게 분명한 정체모를 언데드.

시체를 기워 만든 전에 상대한 것과 같은 어보미네이션.

갑주를 걸친 채로 검을 쥐고 움직이는 데스 나이트에.

—끼익!

원한이 서려서 이승을 떠나지 못했다고 알려진 귀신들로 만든 레이스에 이르기까지.

판타지 세계에서나 나올 언데드의 총합판이 만들어진다.

어마어마한 수가 쏟아지고, 순식간에 주변을 가득 채운다.

하나씩은 헌터보다 약할 수 있을지언정, 이들은 무너지지 않는 군세다.

한쪽 팔이 떨어지면 남은 한 팔을 휘두른다. 떨어진 팔마저 쥐어서 무기로 휘두르는 자들이다.

자신의 갈빗대가 화살이 되고, 한에 찬 비명소리가 곧 공격이 된다.

한기를 싣고 다니며, 몸 그 자체에 아로새겨진 원한이 또 다른 원한을 만드는 존재들이다.

그야말로 죽음의 군대.

죽은 자의 왕인 그가 이끄는 군대다. 일인으로서 군대가 되게 만든 그의 모든 힘이다.

'이마저도…… 일부지.'

전장.

그 또한 그의 사정으로 벌이고 있는 전장이 아니었더라면, 이보다 더한 힘을 끌어낼 수 있었을 거다.

그가 묶여 있지만 않았더라도, 어쩌면 그는 홀로 왕들을 상대할 수 있을지도 몰랐다.

왕들이나 이쪽이나, 그가 아직 완전히 힘을 각성하지 못한 게 다행일 정도다.

"출진한다."

"얼마든지. 이쪽은 뒤에서 지원하지!"

군세를 불러낸 그가 공중에 떠서 군대를 지휘하기 시작한다.

"움직여."

그의 명령에 군세가 따라 움직인다.

* * *

놈들은 핏빛 몬스터들과는 달랐다.

핏빛의 몬스터는 오직 살육만을 목표로 하는 존재, 핏빛의 몬스터를 만든 자들조차도 조종하기 힘든 존재다.

전략과 전술을 사용하는 것이 힘들었다.

하지만 그가 만들어 낸 언데드는 그야말로 죽은 자의 군대.

전략 전술은 물론이고, 가진 바 특기를 조합해 가진 힘 이상으로 강력함을 보이는 군대다!

처억. 척.

그 군대가 침묵 속에 출진을 시작한다.

한기 서린 외침도, 기묘했던 울음도 모두 삼킨 채로 이어지는 침묵의 전진은 같은 편인 이쪽에서조차 공포스러울 정도다.

그들을 상대해야 하는 적은 오죽할까.

"……막아! 지원군은!"

"곧 온답니다!"

"젠장. 포격이라도 하라고!"

내게 겁먹는 것과는 다른 의미로 겁을 집어먹는다.

내게 겁을 먹는 게 압도적인 힘으로 인한 공포 때문이라면, 지금의 공포는 죽은 자를 두려워하는 본능적인 공포에 의한 것이다.

순식간에 사기가 떨어지기 시작한다.

그래도 그들도 무능하기만 한 자들은 아니었다.

수많은 몬스터를 잡았고, 힘을 기른 자들이다. 거대 길드에 들어갈 정도의 이능이 있는 자들이다. 또한 그들도 이번 전투에 꽤 많은 걸 걸었다.

"시바아아알!"

더 물러날 길이 없는 그들은 악바리처럼, 움직이기 시작했다.

"어서 움직여!"

"대열 맞춰!"

대열을 이루기 시작한다.

레이드급이 몰려다니는 나의 군세와는 다르게, 죽은 군대는 질보다는 양인 군대.

그런 군대를 상대로 대열을 형성한다.

탱커가 전열을 형성하고. 그 탱커의 사이에서.

콰즉.

딜러들이 끊임없이 무기를 놀리기 시작한다.

"머리부터 으깨!"

"알았다고!"

"치유계! 치유계는 뭐하냐고! 힘을 써!"

뒤에 있는 치유계들을 독려하기 시작한다.

몬스터를 상대하는 정석대로 움직이기 시작한다.

"오? 잘하는데!?"

썩어도 준치다. 그들은 언데드 군대를 상대로 곧잘 상대를 해냈다.

나를 상대할 때와는 다르게 더 흔들리지 않고, 거대 길드로서의 위엄을 보였다. 힘을 내보였다.

거기에 더해진 백미는.

고오오!

콰아아아아앙—!

다시금 불을 뿜어내는 증폭포!

갑작스러운 어둠에 놀랐다는 것을 만회라도 하려는 듯, 어둠을 찢고 나온 증폭포의 빛은 계속해서 이어졌다.

"쏟아 부어!"

"아끼지 마라! 조준할 것도 없어! 그냥 쏴!"

전방에 자리하고 있는 죽은 이의 군세.

그들을 향해서 끊임없이 포를 날렸다. 빠른 속도로 연사를 했다.

—그어……

우즈즉.

시체를 기워 만들어진 어보미네이션의 내장이 튄다. 다리가 으깨진다. 몸이 폭사한다. 찢어져 버린다.

찢어진 몸으로도 기어가며 적을 향하지만, 처음보다 약해진 건 분명했다.

—샤아……?

증폭포의 빛이 지나가자, 유체화 상태의 레이스들이 녹아내린다.

물리적인 공격에는 만능인 그들이지만, 이능력을 이용한

공격에는 타격을 입었다. 아니 물리 무효인 만큼 이런 공격에는 더더욱 약했다.

그런 레이스에게 증폭포의 이능 포격만큼이나 강력한 공격이 또 있을까!

순식간에 군세가 녹아들어 가기 시작한다.

"이거 수지 안 맞겠는데……."

검은 로브가 불만스럽다는 듯 인상을 찡그린다. 그러다 곧 결정을 내린다.

"……어디 믿고 움직여 볼까. 대출혈이겠군."

쯔왑—

공간장치에서 무언가 꺼내든다.

후두둑하고 피들이 떨어지기 시작한다. 몬스터의 피. 그의 마법의 재료들이 요사스럽게 빛난다.

"gkdurksdp alcls do gkskdp ahenrk rhtodgksek."

알 수 없는 주문을 외우니 피가 퍼지기 시작한다. 전장의 전역으로!

"윽……."

산 자에게는 공포가 다가든다. 온몸에 힘이 빠진다. 피로도가 누적된다.

—그어어어!

반대로 죽은 자에게는 축복이 된다.

찢어졌던 시체가 다시 기워진다. 부서졌던 육체가 수복된다. 잠시 사그라졌던 한이 다시금 타오른다.

"가라!"

산 자에게는 저주가, 죽은 자에게는 축복이 동시에 흩뿌려진다.

그 또한 이겨내겠다는 듯.

콰아아아앙—!

포격은 계속해서 이어지고 있었다.

그때.

"이쪽도 슬슬 나서볼까……."

가만 힘을 비축하던, 오랜 전투로 잃어버렸던 힘을 다시 수복하는 데 성공한 김기환이 전장에 다시 나서기 시작했다.

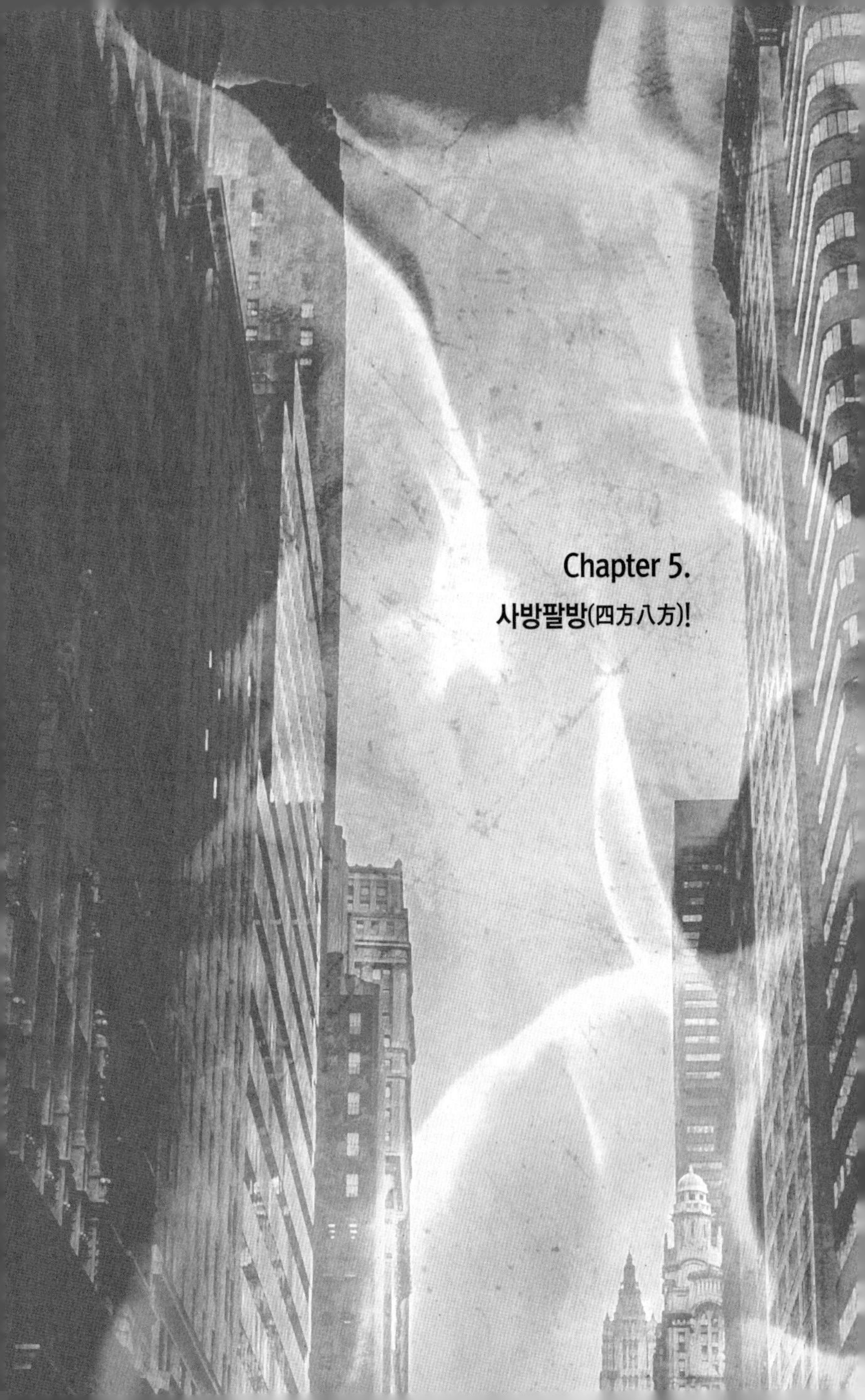

Chapter 5.

사방팔방(四方八方)!

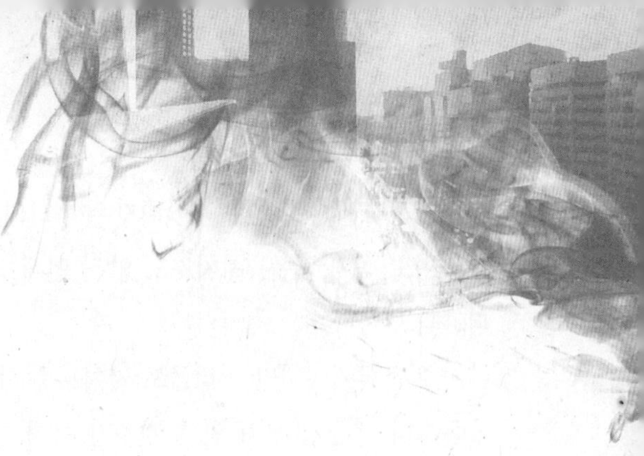

으깨지면 다시 일어난다. 쪼개지면 쪼개진 채로 검을 휘두른다.

이미 죽어 죽음의 공포를 모르는 군대는 그 자체로 두렵다.

"막아!"

"윽…… 빌어먹을……."

토악질이 날 정도로 고약한 악취를 흩뿌리면서 전진을 하는 언데드.

그걸 막기 위해 검을 쥐고 휘두르는 거대 길드의 헌터들은 성전의 한 장면과 같았다.

군단끼리만 놓고 봤을 때, 시간은 우리의 편이었다.

죽여도 죽지 않는, 지치지도 않는 언데드는 전장에 있어 최고의 병사다.

아주 조금씩이지만 헌터들도 지치는 눈치다.

몬스터 피를 흩뿌려 만든 저주가 특히 치명타로 들어갔을 거다.

문제는 증폭포.

콰아앙!

이쯤 날리면 포신의 과열로 잠시라도 쉬어야 할 텐데. 증폭포는 그런 것도 없었다.

지치지도 않고 시도 때도 없이 연사해댔다. 이쯤 되면 아예 과열 자체가 없는 느낌이었다.

오죽하면 죽은 자의 왕이 소리칠까.

"저것 좀 어떻게 해 보라고!? 귀여운 애들 다 쓰러진단 말이다!"

귀엽다는 말은 인정하지 못하지만, 저 증폭포 자체는 쓰러트릴 필요가 있었다.

"애들 잘 조종하라고."

"이런!"

화아아아악.

이능력을 사용했다. 다시금 방벽을 타고 내려가기 시작

했다.

"제대로 놀아볼까."

동시에 언데드를 대신해서 증폭포를 맞아줄 녀석들을 소환했다.

모습의 원형은 거대한 오우거. 그것도 방패를 든 오우거의 형상을 했다.

—크아아!

전장에 불로 이뤄진 오우거를 여럿 소환해냈다.

"오오!"

모두가 방패를 막기 위한 군세다.

겉으로 보아서는 지금까지 소환한 것과 다름없어 보이지만 이쪽도 꽤 공을 들인 놈이다. 많은 힘을 썼다.

덕분일까.

콰아앙!

—그어어어!

증폭포를 막고도, 방패만 터져나갈 뿐. 화염의 오우거들은 잘도 막아나갔다.

'좋아.'

약간의 부작용으로.

"탄다! 타! 조심해!"

"그 정도야 알아서 피해!"

화염의 오우거 주변에 있는 언데드들이 타오르지만, 증폭포에 폭사당하는 것보다는 나았다.

정화의 속성을 가진 화염과 언데드가 한편이 됐는데, 이 정도 부작용은 애교다 애교!

"……쓥. 알았다! 다녀오기나 하라고!"

말이 많은 그를 뒤로하고 달리기 시작했다.

* * *

'좋아.'

내가 달려가는 그 순간에도 언데드 군단은 조금씩 적을 압도하고 있었다. 오우거와 함께 점차 점차 전진을 해 나간다.

"비켜!"

그보다 빠르게 달려가는 쪽이 있으니 바로 나다.

내 몸이 그들을 향해서 계속해서 쏘아져 나가고 있었다.

목표는 처음부터 지금까지 줄곧 증폭포.

언데드의 군세를 지나서, 거대 길드를 돌파하기 시작했다.

"괴물!"

"막아라! 막아!"

막으려고 노력은 하지만 그뿐.

내가 지나가는 그 상태 그대로 홍해가 갈라지듯이 헌터들이 갈라지기 시작한다.

'시늉 잘하는데?'

겉, 목소리만 들어 봐서는 거대 길드 헌터들은 최대한 나를 막으려고 하고 있었다.

막으라 소리치고, 이능력을 사용해대고 하는 꼴을 보면 꽤 그럴싸하다.

하지만 실상을 살피면 전혀 아니다.

고함만 고래고래 칠 뿐. 목숨 걸고 다가오는 자는 없었다. 이능력을 사용하지만 겉만 화려하고 속빈 강정인 기술들이 많았다.

나를 막아야 하는 입장이기에 시늉은 하지만, 속은 잔뜩 겁에 질려 있었다.

그런 그들을 뚫고 순식간에 지나갔다.

'저기다!'

거의 다 지나간다 여겼을 때쯤.

"……."

"……."

말없이 나를 막는 두 존재가 있었다.

*　*　*

방패의 이환원. 검의 이구철.

강자에게 최고의 무기가 주어지는 게 보통인데, 이들은 최고의 무기에 맞춰 강해진 특이 케이스다.

소문대로 말이 없는 편인 그들은 아무런 말도 않은 채로 바로 내게 쏘아져 왔다.

목표는 명확했다.

증폭포를 공격하려고 하는 나를 막는 거다.

~~후우우우웅—~~

거대한 검을 위에서 아래로 크게 내리긋는 이구철. 그의 휘두름에 주변에 풍압이 일 정도였다.

안색 하나 변하지 않고 휘두르는데도, 주변의 지형이 바뀐다. 풍압에 주변이 스러질 정도다.

방패의 이환원을 제외하고는 죄다 피해를 입을 정도.

오로지 검.

단순한 휘두름인데도 이 정도의 압박이라니!

'미친.'

소환. 빙결. 화염. 검.

여러 가지 이능력을 만들어 내고, 사용해대는 나와 다르게 오로지 검에만 정진한 이구철은 깊이가 있었다.

휘두름 한 번에 무게가 있었고, 깨달음이 녹아 있었다.

십 년도 더 전부터 저 검 하나로 살아갔다고 하더니. 다른 건 몰라도 검에 있어선 천재라는 것이 과연 허명은 아니다.

'한때 스승님도 찾아왔다던가.'

수련을 위해서는 아군도 적도 없이 다녔다고 하더니, 거짓 소문이 아닌 듯했다.

'어떻게든 처리해야 하는데.'

저들을 이겨내기 이전에는 이 길을 뚫을 수 없는 기세다.

요리조리 피하면서 기회를 엿보지만, 틈이 도무지 나질 않는다.

이구철이 검을 휘두른 뒤에 생긴 틈은 이환원의 방패가 나서서 날 막는다. 방패를 뚫을라치면 이구철이 검을 휘두른다.

완벽한 조합이다.

그래도 이리저리 움직이며 피했다. 그게 마음에 안 들었을까.

"……막아 봐라."

첫 마디와 함께, 이구철이 이능력을 최대로 발휘한 검을 크게 내리긋는다.

그대로 바닥으로!

콰아아아앙!

"피했…… 엇!"

콰즈즈즈즈즈즈즉—

그가 내려친 검에 땅이 그대로 갈라진다. 깊게 땅이 패면서 동시에 역으로 땅이 터지며 올라온다.

번개가 내리친 듯 땅이 여러 갈래로 갈라진다. 그곳마다 전부 땅이 터진다.

애써 앞으로 날아드는 걸 피하면, 옆이 터진다. 다시금 옆을 피하면 또 앞이 터진다.

진퇴양난!

그걸로도 끝나지 않았다.

콰앙! 쾅! 콰앙!

상대는 계속해서 검을 휘둘렀다. 그때마다 폭음이 터졌고 주변이 터져나간다.

'미친. 폭발의 검이냐!'

분명 이구철의 이능력과 관련이 있겠지만 이건 너무 심하잖은가!

둘이서 공격과 방어를 다 해먹으면서, 동시에 연쇄 공격이라니!

거기다 공격은 공격, 방어는 방어 하나만 죽어라 파댄 덕분에 경지도 얕지가 않다.

'괴물 새끼들이 뭉쳤네.'

미칠 노릇이다. 어찌 틈이 안 보인다.

하지만 안 보이면 안 보이는 대로 만들어야 하는 터. 놈의 것들을 피하면서 끊임없이 머리를 굴렸다.

*　　*　　*

갖은 수를 생각했다.

소환을 해 볼까?

―크아아아아!

화염의 언데드를 소환해 보기도 했다. 힘을 꽤 들여서 만든 녀석. 나를 대신해서 방어를 해줄 놈으로 소환을 했다.

하지만.

"……집중되지 않은 힘은 헛것이지."

콰아아앙! 쾅!

이구철이 검으로 몇 번 베고, 가만있던 이환원이 방패를 환하게 밝히며 몸통 박치기를 시전하는 순간.

―크아아아악!

화염의 오우거는 괴성을 내며, 그대로 스러졌다.

'증폭포 그 이상이냐.'

왕의 수하치고 괴물 아닌 자가 없겠지만, 이 녀석들은 확실히 괴물이다.

증폭포도 몇 방은 버티는 화염의 오우거를 이런 식으로 아작—내는 자가 나올 줄은 몰랐다.

"이거나 먹어라!"

소환이 안 되면 공격의 연쇄로!

화아아아아악—

이능력을 끌어 올렸다. 수없이 많은 화염들을 생성해냈다. 그 모두를 단검으로 변환!

하나, 하나가 어지간한 몬스터는 찜 쪄 먹을 화염의 검들을 수백, 수천을 형성하고.

"가라!"

쓰아아아아아악—

그 공간 자체에 전부 폭격하듯 던졌다. 순간적으로 검의 바다가 만들어졌다. 만들어진 검해(劍海)는 저들이 있는 모든 곳에 쏘아졌다.

상하좌우. 사방팔방 모두!

피할 곳이 없어 보였는데.

"……."

"……."

둘은 말없이 눈짓으로 신호를 하더니 서로 등을 마주했다.

그리곤 묘기를 보였다.

“하아압!”

그아아아아아—

몬스터 괴성과 같은 것이 들리며 이환원의 방패가 크게 늘어난다. 순간 태양이라도 소환된 듯 밝게 빛나며 막이 생성된다.

그를 가득 채우고도 남을 만큼 커진다.

‘이서영의 것과 비슷한데?’

그녀가 만드는 것과 비슷한 방패였다. 다른 의미로의 철벽이다.

퍼어어억. 퍽. 퍼억.

그대로 단검들이 내리꽂히지만, 환한 빛을 뿌리는 방패의 벽을 뚫지 못했다.

과연 대단했다.

방패로 단검들을 막아대는 것은 이해할 수 있다.

웃긴 것은 이구철 쪽이었다!

샤아아악— 샤악—

“……또 묘기냐!”

이준혁도 아닌데 검으로 묘기를 부리는 자가 또 나올 줄이야.

거대한 검을 수수깡처럼 휘둘러대는 것도 묘기인데, 그

검을 휘둘러 막을 만들어 냈다.

내가 검으로 만들어진 검의 바다를 만들었다면, 이구철은 검으로 만들어진 막을 만들어 냈다.

환하게 빛나는 방패보다는 작지만, 쏟아지는 단검들을 막아내는 데는 충분했다.

콰아아아앙—!

쏘아져 오는 단검이 막에 부딪쳐 폭발을 일으키지만, 그 폭발마저도 검막으로 막아낸다.

검에 미친 이준혁이 보았더라면 딱 좋아했을 광경!

순식간에 화염으로 만들어진 검의 바다를 전부 막아낸다.

"……깊이가 있다 이거지."

이쯤 되면 오기가 생길 수밖에 없었다.

주변은 화염으로 가득 찬 지 오래. 단검이 흩뿌려지고 남은 화염이 주변을 불태우고 상태였다.

그 위에 이환원과 이구철 두 콤비가 검을 막곤 나를 바라보고 있다.

처음처럼.

지치지도 않고, 잘도!

화아아악!

땅에 가득 있는 화염들을 의지를 부려 다시금 흡수했다.

'잔수는 먹히지도 않는다 이거지.'

내 무기가 되던 것들. 그것들이 하나하나 막히는 기분이란 내게 오기를 만들어 줄 수밖에 없었다.

절망을 하지는 않았다.

고작해야 이런 자들에게 절망할 필요는 없었다.

다만 더욱 불태웠다.

눈앞의 이들을 제대로 불태워 주겠다는 의지. 저들을 격파하고 굳건한 눈을 절망하게 만들어 주겠다는 의지를 태웠다.

'……간다!'

화아아악—

이능력을 일으킨다. 주변이 아닌 내 몸으로. 모든 것을 집중한다. 검에 힘을 싣는다.

부딪친다!

*　*　*

콰아아앙!

검과 검이 처음 제대로 부딪쳤다. 느끼는 첫인상은 역시 예상대로였다.

'세다.'

검에 실린 검격이 강력했다. 단순한 휘두름이라고 하기에는 무거웠다.

"음……."

하지만 상대도 마찬가지를 느꼈을 거다.

깊이는 부족할지 몰라도, 이쪽의 의지는 충만했다.

저쪽처럼 오래 수련을 하지는 못했어도, 이쪽은 남들이 겪지 못한 사선을 충분히 많이 겪고 성장했다.

쉽게 살 수 있음에도 어려운 길을 선택해 달려 왔다.

파티, 공격대, 길드를 만들었고 그들을 책임져 왔다.

수련의 깊이가 아닌, 인생의 깊이는 이쪽이 결단코 더 무거웠다.

그 깊이의 무게를 상대도 느꼈을 거다.

"너…… 제대로군."

"적어도 당신보다는!"

스악— 콰아아아앙!

계속해서 부딪친다. 피하지 않는다. 얕은 수도 사용하지 않았다.

"……."

적은 나를 인정했고, 인정한 만큼 최선을 다했다.

이구철과 부딪치고, 이환원이 막는다. 정면에서 붙은 그들은 전보다 더욱 매서운 눈을 하고는 끊임없이 연환계를

써 왔다.

짧은 시간. 하지만 수없이 많은 수를 나눴다.

그들이 그동안 쌓아 온 공방의 일체를 느꼈다. 조합을 느꼈으며, 깊이를 느꼈다.

그리고 그들의 깊이를.

'깨자.'

이제 무너트릴 때가 왔다. 박자는 넷.

하나.

이구철의 검이 나의 목을 노리고 들어온다.

검을 세워 그 검을 그대로 막았다.

콰앙!

두 검이 부딪침에 폭음이 인다. 나의 검이 이구철의 검에 묶였다.

둘.

순식간에 이뤄진 검과 검의 부딪침. 계속되는 마주함과 힘의 대결.

이구철과 나의 검이 붙어 있는 그 틈을, 이환원이 비집고 들어 왔다.

방어의 역할에만 묶이지 않은 그는 자신의 방패를 정면

으로 들고 몸 전체를 부딪쳐 왔다.

셋.

마주하던 검에서 힘을 뺀다. 동시에 뒤로 발을 뺀다. 방패로 부딪쳐오는 이환원을 피한다.

여기까지가 셋이다.

뒤로 빠지는 나의 몸을 바로 뒤이어서 이구철의 검이 따라 온다.

'틈이라 생각했겠지.'

이환원의 부딪침, 이구철의 검. 둘 중 하나의 공격은 막아내지 못할 거라 여긴 거다.

내가 틈을 보인 거고, 그들이 선수를 잡았다고 생각하는 게 분명하다.

하지만 마지막 넷이다.

'끝내자.'

저들이 무서운 이유는 공격과 방어의 능수능란함과 조화.

이구철과 이환원 둘 모두가 공격을 택한 순간, 그들의 손으로 공방의 조화는 깨어졌다.

그 틈을 나는 끝끝내 비집고 들어간다.

화아아아악—

이능력을 사용한다.

뒤로 튕겨나가던 나의 몸을 강제적으로 멈춰 세운다. 그로 모자라 앞으로 튕기게끔 만들어낸다.

아무런 준비 자세도 없이! 공중에서 날 듯이!

뒤로 몸을 빼다 갑작스레 앞으로 움직이는 건 한편의 묘기와도 같은 장면이었을 거다.

"……헛!"

놀라서 이환원이 헛바람을 삼킨다.

그는 뒤늦게 눈치챘다. 자신들의 공방의 균형이 깨어진 걸. 모두 공격만 해서는 나의 공격을 막지 못한다는 걸 눈치챘다.

뒤늦게서야 다시금 방패를 방어용으로 바꾸려 한다.

'그래도 늦었어.'

이쪽이 빨랐다. 치고들어 간다.

"죽엇!"

전력을 다해서 치고들어 오는 이구철의 검은.

'막아.'

콰아아앙!

이제는 숨 쉬듯 자연스레 생성하는 불막으로 막아낸다.

카드드드득—

불막은 그의 검을 막아내자마자 그대로 깨어졌지만 그걸로도 충분했다. 한 번. 단 한 번이면 됐다!

목표는 어차피 검을 든 이구철이 아니었다.

놀라서 방패를 세우고 있는 그. 뒤늦게서야 방어 자세를 취하고 있는 이환원이었다.

그의 방어가 비었다. 특기인 방어가 제대로 작용하지 못하고 있다.

그 틈을 향해서.

푸우우우우욱—

검을 내리꽂았다. 내리꽂히는 검의 소리가 심장의 고동 소리보다 크게 울려 퍼진다.

* * *

털썩.

한 합. 가장 중요한 한 합으로 이환원이 무너졌다. 방어가 무너진 그는 더 이상 강자가 아니었다.

그저 맛있는 먹잇감이었을 뿐이다.

한 발의 검을 허용한 그는.

"크아아아악!"

비명만을 외칠 뿐 더는 전투를 진행하지 못했다.

고작해야 검으로 한 번의 찌른 것. 그 한 번에 고통을 느껴서가 아니었다. 그 정도 고통이야 방어를 하면서 끊임없이 느꼈을 거다.

문제는 화염.

그의 몸을 타고 들어 간 화염이 끊임없이 그를 갉아먹고 있다.

내가 그리하도록 했다. 찌르고 힘을 부여했고, 화염을 그의 몸에 심었다.

단 한 수에 전투불능이 된다. 저 고통으로 더 이상 전투를 진행할 수 있을 리가 없다.

"노오오옴!"

동료의 쓰러짐에 분노한 이구철이 다시금 검을 휘두르며 달려든다.

~~후우우우웅——~~

검에는 자신의 친우, 평생을 같이한 동료가 쓰러진 것에 대한 분노가 가득 담겨 있었다.

그의 분노가 담긴 검의 공격은 과연 강력했다.

갑작스럽게 휘둘렀음에도 그 어느 때보다 강한 풍압이 느껴진다.

'선택은 좋아.'

쓰러진 이환원. 고통스러워하는 그를 살리기 위해서 나

를 공격하는 건 옳다.

이구철로서는 나를 무너트려야만 이환원이 다시금 일어날 수 있음을 직감했을 거다.

하지만.

'……좀 더 강해야 했다.'

상대를 무너트려 모든 걸 끝내는 건 강자만이 할 수 있는 선택이다.

방패의 이환원이 무너지는 순간 공격일변도밖에 남지 않은 이구철은 약자가 됐다.

파악—

불막을 형성하여 다시금 그의 검을 막는다.

발을 움직인다. 거리를 좁힌다. 그의 몸에 나의 손이 닿는다.

화아아아악—

"크읏."

그의 몸에 있는 모든 열을 순식간에 흡수해낸다.

그게 시작이었다. 이어 그의 주변에 있는 모든 이능력을 흡수한 것도 거의 동시에 이뤄진 일이었다.

그으으—

그가 이능력을 이용해서 순간적으로 몸을 회복하지만, 이미 늦었다.

한번 열을 뺏기자 그는 무너지기 시작했다.

행동이 느려졌다. 검에 실린 바람이 약해졌다. 풍압이 이제는 일지 않는다. 매섭던 공격은 둔탁해졌다.

그리고 그 틈을.

"오래 버텼다."

푸우우욱―

나는 가차 없이 찌르고 들어갔다.

"큭……."

이구철의 오른쪽 가슴 깊숙이에 나의 검이 그대로 박힌다.

철벽이며 동시에 풍신(風神)처럼 힘을 휘두르던, 검이 그대로 무너져 내린다.

"크아아아아악!"

이어지는 건 고통뿐.

꽤 오랜 시간 나를 막아낸 그의 몸에 이능력을 잔뜩 심어줬음은 당연한 이야기였다.

무너져 버린 그들을 뒤로하고.

"가자."

다시금 전진했다. 증폭포를 향해서.

*　　*　　*

그 뒤로는 거침이 없었다.

증폭포를 조종하는 자들이 뒤늦게 나서지만, 과연 검과 방패의 콤비만 하겠는가.

이들은 단지 증폭포를 조종하기 위해 훈련받은 자들이지, 전투에 적합한 자들도 아니었다.

허나 오는 걸 막지 않았다.

푸우욱—

"크읏……."

오면 오는 대로 그대로 검을 선사해 줬다.

화려하게 불의 비를 형성하지도 않았다. 소환을 해내지도 않았다. 그저 깔끔하게 검을 박아넣었을 뿐이다.

그 한 방이면 모두가 고통 속에 허우적대며 쓰러진다.

큰 힘은 고작해야 달려드는 잔챙이에게 쓸 것이 아니었다.

"우선 하나!"

콰아아아앙!

증폭포. 괴짜 한철이 만들고, 몬스터가 아닌 사람에게 겨누어지는 병기에게 쓰면 충분했다.

검이 작렬하고, 반으로 갈라진 증폭포가 그대로 폭발한다.

그 폭발의 힘. 작렬하는 화염. 그 모두조차도.

'들어와라.'

스아아아악—

흡수를 해버리는 나였다.

하나를 폭발시키고, 힘을 얻어 다시 다음으로 움직인다.

둘을 폭발시킨다. 힘을 더 사용하여 둘에서 넷을 폭발시킨다.

"막아!"

걸리적거리면서 오는 자들은 그대로 분쇄한다.

정석을 가진 자들은 그 정석의 힘조차 화염으로 변환시켜 그대로 흡수를 해 버린다.

으즈즈즈즉—

하나, 둘씩 증폭포가 쓰러져 간다. 천문학적인 비용을 자랑할 게 뻔한 것들이 순식간에 쓰레기가 된다. 재활용도 안 될 탄 쓰레기로 화한다…….

* * *

"다 됐다!"

모든 증폭포를 폭발시키는 데 성공했다.

저들의 최대 무기 증폭포가 무너지기 시작하니 상황은

반전했다.

—그어어어

—그어

안 그래도 점진적으로 전진을 하고 있던 언데드들의 걸음이 더욱 빨라졌다. 앞길을 막는 포격이 없으니 거칠 것도 없었다.

"……시발."

"제발……."

그런 그들의 뒤에 서 있는 나는,

'완벽히 마무리해야겠지.'

화아아아아악—

다시금 화염을 불러일으켰다. 불의 군세를 다시금 소환해 냈다. 증폭포가 있던 그들의 뒤로!

앞에는 언데드의 군대가, 뒤에는 불의 군세가 기다리고 있다.

"……신이시여."

누군가의 말마따나, 신을 찾는 것도 어쩌면 당연한 이야기였다.

앞과 뒤가 모두 적. 그것도 자신들보다 강한 적들이 전부를 채우고 있다. 절망하지 않는 것이 더 이상했다.

차분히 적들을 압박해 나갔다. 거리를 좁혔다. 동시에 공격을 해나갔다.

"적당히 처리하자고."

"그쪽이야말로!"

살인귀가 될 필요가 없기에, 저들이 중요한 것은 아니기에 최악의 수까지는 자제해 준다.

하지만 이쪽도 물러터지지만은 않았다.

이미 한번 살려 보냈음에도, 다시 돌아온 자들에게 보일 자비는 남지 않았다.

목숨은 살려줄지언정.

"……태워."

화아아아악—!

나의 공격에 적중한 자에게는 나의 이능력을 심어줬다.

"크아아아악!"

화염의 힘이 그대로 타고 들어간 육체면 뻔하지 않은가?

운이철은 분석의 힘을 통해서 최대한 후유증 없이 깔끔하게 처리를 해 주지만 나의 이능력은.

'다 태우는 거지.'

그들의 이능력을 연료 삼아 그대로 태워버린다. 타고 남은 찌꺼기. 혹은 연료가 되어 화염으로 화한 이능력은 그대로.

스으으으—

내게 들어와 다시금 힘이 된다.

전투를 진행하면 할수록 힘이 떨어지기는커녕 더욱 강해지는 느낌이었다.

나쁘지 않은 진행이었다.

그때까지만 하더라도 그렇게 생각했다. 하지만 얼마 가지 않아서.

"……하."

상상 이상의 것들이 찾아올 줄은 예상도 하지 못했다.

적은 상상 이상이었으며, 집요했다. 모든 건 끝이 아니라 시작이었다.

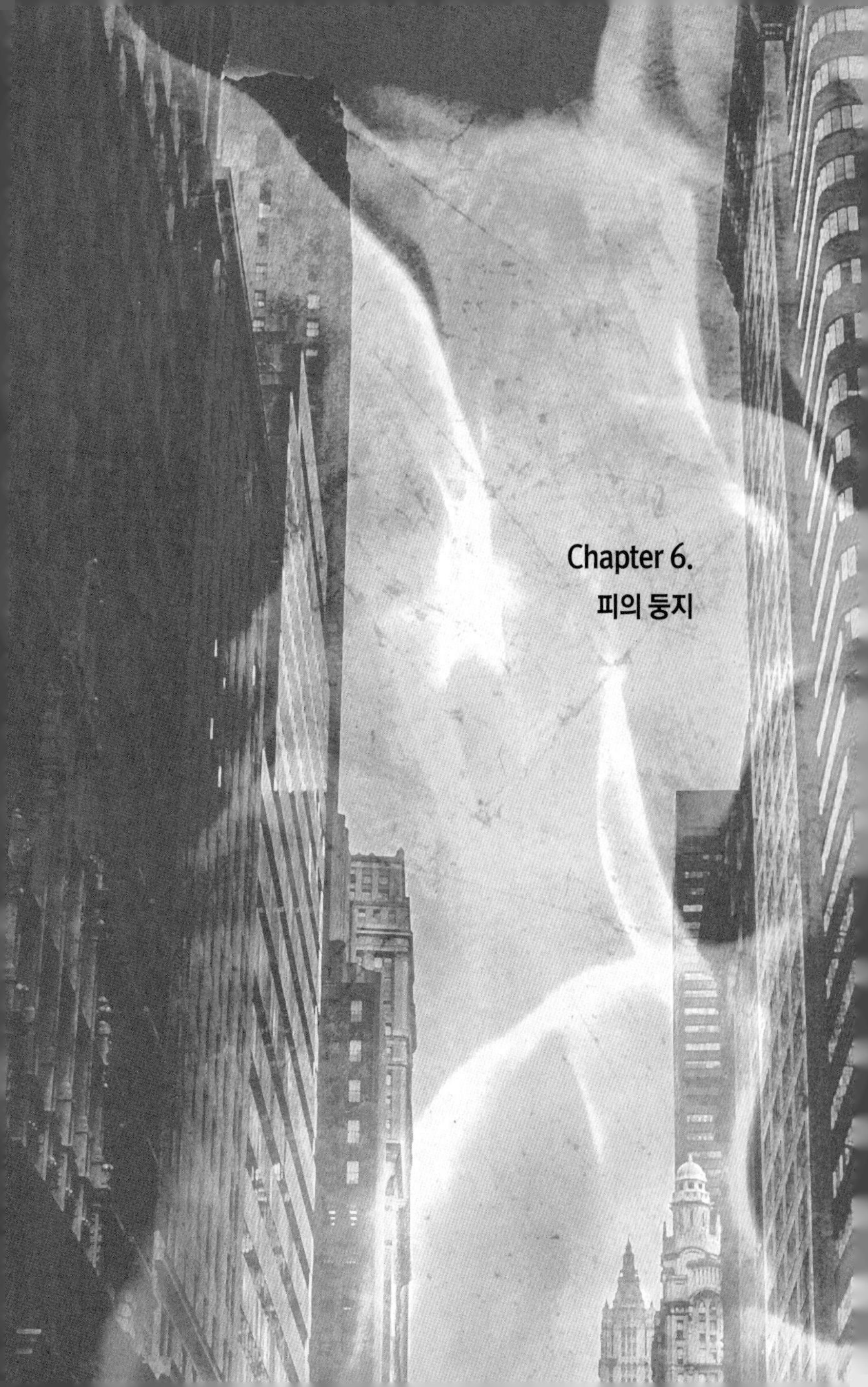

Chapter 6.

피의 둥지

피의 둥지들을 분쇄해 갔다. 하루에도 여러 차례 전투가 이어졌다. 말 그대로 쉼 없는 전투의 연속이었다.

—끼웨에에엑!

—끼웩!

괴성을 내지르면서 오는 저들은 하루도 빠짐없이 번식을 해 나갔다. 그걸 다시금 분쇄하는 게 자라난 길드원들의 몫!

"……범위는?"

"그래도 줄어들고 있습니다. 꾸준하게요."

"속도를 더 높여야 해."

"이 정도도 충분하지 않습니까?"

"흐음……."

끊임없는 전투에도 길드원들은 분명 꾸준히 움직여 갔다. 그리고 영역을 줄여나갔다.

'발견한 게 컸다.'

중간에 둥지의 중심에 핵이 있다는 것을 알아내지 않았더라면 이 속도는 불가능했다.

우연찮게 부순 핵. 그 핵을 부수면 둥지가 순식간에 바람 빠진 풍선처럼 힘을 잃고 쪼그라드는 걸 알아낸 게 다행이었다.

그렇게 범위를 줄여나가다 보니, 적이 제대로 파악이 되기 시작했다.

"……분명히 원을 그리고 있군."

"그 중심에 핵심이 있는 거죠. 둥지처럼요. 아니면 핵이라든가요?"

"핵이라……."

처음에는 사방팔방으로 둥지가 퍼져나가는 것으로 알았다. 규칙성도 없다고 봤다.

하지만 범위를 줄이고 차분히 상대를 해 나가니 어떤 형태가 보였다.

전에는 보이지 않던 것들이 보였달까.

허웅의 내려다보고 있는 사냥터의 지도. 그 지도의 한 곳에서 그의 시선이 떨어질 줄을 몰랐다.

'여기가 중심인가.'

확실한 증거는 없다. 하지만 심증이 짙었다. 후보지는 여러 개지만 저 점만이 그의 시선을 가득 채운다.

저곳에 있다. 저곳에서 모든 것이 만들어진다. 그런 생각이 그를 계속 채운다.

두근— 두근—

저곳을 생각하면 심장까지 터지듯 뛰는 느낌이다.

"허웅? 괜찮냐?"

"아…… 이런. 괜찮아."

"기환이 그놈처럼 혼자 짊어지려고 하지 마라. 너 잘하고 있다고. 무리하지 마."

"……그래."

너무 집중을 했던 걸까.

마동수의 목소리에 뒤늦게서야 정신을 차리는 허웅이었다. 친구 녀석의 응원에 없던 힘이 난다.

하지만 계속해서 머릿속이 한 생각으로 가득하다.

'저곳에 가야 한다.'

라고.

*　　　*　　　*

갑작스레 허웅은 빠르게 일을 진행해 갔다. 안 그래도 강행군인데 속도를 더했다.

무리를 한 거다. 그러다 보니.

"크읏……."

"여기 부상자!"

피로가 쌓였다. 쌓인 피로는 자연스레 부상으로 이어졌다.

차분히 일을 진행하면 나오지도 않을 일인데. 부상이 예삿일로 늘어갔다.

그럼에도 허웅은 계속해서 진행을 해 나갔다.

덕분일까. 결국 마동수가 폭발했다.

"요즘 왜 그러냐?"

"……뭐가?"

"왜 그리 집착하냐고. 차분히 해 나가도 된다니까? 우리가 해낼 때까지 김기환 그놈이 잘 버텨 줄 거라고."

"으음……."

이 가슴속의 답답함을 뭐라고 해야 할까.

계속해서 가슴이 뛰는 느낌이다. 마치 심장이 엔진이라도 된 듯했다. 달리기 위해서 만들어진 그런 엔진.

항상 가슴이 뛰었고, 조급해져 갔다.

머리로는 자신이 잘해 나가고 있다는 것을 알았는데, 문제는 마음이었다.

계속해서 더 빠르게! 더! 더!

성과를 내야 한다는 압박감이 들었다. 어서 모든 둥지들을 처리하고 김기환처럼 멋들어진 한 방을 만들어내고 싶었다.

그래서 무리를 하는 걸지도 몰랐다. 아니면 어떤 다른 것의 '작용' 이거나.

문제는 그런 허웅을 당장 말릴 자가 없다는 거였다.

"어서 끝내야 하지 않겠어? 그놈도 힘들 거라니까? 이미 몇 번이나 본부에 적들이 쳐들어왔다잖아."

"……그래도 이쪽이 무너지면 무슨 소용이냐."

"그러니 잘해야지. 빨리 해내고, 길드로 돌아가야 한다고!"

"누가 그걸 모르냐! 문제는 다치면 안 돼서지!"

"그래서야 언제 일이 끝나는데?"

명분은 허웅에게 있는 상태였다.

어서 이 핏빛 몬스터들을 박멸시키고 본부로 돌아가야만 한다는 명분.

김기환을 위해서라도 모든 일을 빠르게 마무리해야 한다는 명분은 그럴싸하게 잘 먹혀들어 갔다.

그의 조급함을 그럴싸하게 만들어 줬다.

덕분일까. 부상자가 나오기는 했어도, 분명 성과는 계속 생겼다.

둥지들을 작은 영역을 제외하고는 전부 박멸하는 데 성공했다.

"빠르게 마무리를 하자."

"……그래."

이제 마지막 쐐기만 박으면 될 상황이었다.

허웅의 가슴을 계속해서 두근거리게 하는 곳. 모든 둥지들의 중심으로 보이는 곳. 그곳을 향해서 본대가 움직이기 시작했다.

* * *

후욱. 후.

모두가 거친 숨이 쏟아져 나온다.

"지치는 거 같지 않아?"

"피로가 쌓인 거겠지. 그나저나 불길한데."

"재수 없는 거지. 이딴 광경이라니."

그들의 주변에는 핏빛 안개가 옅게 깔려 있었다. 낮임에도 어둠이 짙었는데, 덕분에 분위기는 더욱 을씨년스러웠다.

간간이 있는 몬스터들의 사체까지 보고 있노라면, 세기말의 어떤 장면 안에 들어와 있는 느낌이었다.

다들 지쳐 가지만 꾸준히 진격했다.

—끼웨에에엑!

들려오는 몬스터의 괴성.

"몬스터다!"

"준비!"

이미 여러 차례 들어왔던 소리다. 가까워질수록 몬스터는 더욱 자주 출몰했다. 또한.

"……더 크다!"

"조심!"

더욱 강해졌다.

크기가 컸다. 자이언트 울프의 크기에 점차 가까워져 가고 있었다. 또한 완성형에 가까워져 가고 있었다.

외곽에서 상대했던 놈들은 불완전한 것들이 많았다. 멀쩡한 것보다 사지 중 하나가 멀쩡하지 않은 놈이 더 많을 정도였다.

하지만 안으로 들어설수록 그런 놈들은 사라졌다.

더 강해지고, 지능까지 영악해져 가고 있었다.

핏빛의 안개 안에서 버프까지 받는 건지, 상대하기는 더욱 까다로워져 갔다.

그럼에도 이들은 걸음을 멈추지 않았다.

“곧이다. 곧!”

“마무리만 하면 된다고!”

도착해 간다는 희망. 곧 끝낼 수 있다는 생각. 그런 것들이 그들의 지친 발걸음을 이끌었다.

누군가 알려 줬어야 했다. 전투는 무리가 아닌, 정확한 작전 아래에서 이뤄져야만 한다고. 그게 약자로서 시작한 자라난의 방식이라고 말해줘야 했다.

하지만 당장은 그런 말을 할 자가 없었다.

“……흠.”

핏빛 안개 속에서 묘하게 광기에 젖어가는 것일지도 몰랐다.

* * *

허웅과 길드원의 선택은 반은 맞고 반은 틀렸다.

“……다들 정신 똑똑히 차려라!”

“넵!”

핏빛은 광기였다. 모두를 미치게 하는 광기. 전투에 광기는 옳지 못했다. 자연스레 태어난 광기가 아닌 인공적인 광기는 더더욱!

핏빛 안개 안에 있으면 있을수록 길드원의 전투력은 급감이 되어 갔다.

피로가 더 쌓이고, 힘이 더 들었다. 이능력은 잘 차오르지도 않았다. 최악이었다. 그럼에도 전진을 해서 도착한 그곳에는.

—크응……

"이런……."

거대한 핏빛의 인간이 있었다.

*　　*　　*

저걸 뭐라 표현해야 할까.

온몸이 핏빛인 가운데, 눈이 있을 자리엔 핏빛이 더욱 붉다.

가장 붉은 곳은 심장이 있는 쪽. 그 안에는 정석이 있는 듯 환한 빛과 함께 핏빛을 같이 흩뿌리고 있었다.

정석의 찬란함과 핏빛이 주는 요요함의 조화는 그로테스크하다 느껴질 정도였다.

그런 그로부터 많은 것들이 퍼져 나온다.

주변을 가득 채운 핏빛 안개, 광기, 핏빛의 몬스터, 둥지를 만들기 위해 움직이는 핏빛 거미까지.

그가 모든 것들의 근원이었고, 모든 핏빛의 조종자였다.

모든 이들을 광기에 빠지도록 만드는 존재인 주제에.

—크흐…… 왔나.

"사, 사람 말을 했어?"

—킥. 덕분에 이렇게 됐지.

그 자신은 지능을 가졌다. 사람의 말을 할 줄 알았다.

"타부!?"

—오. 너는 알아보는구나.

눈치 빠른 길드원 중에 하나가 목소리를 듣고 그 존재를 알아본다.

타부였다.

핏빛의 몬스터를 조종하고, 자신의 사람들을 이끌던 자. 마지막 전투에서 도망치듯 사라지던 그가 몬스터화 되어 모습을 드러냈다.

-너는 곱게 죽여주지.

파악!

말을 끝마침과 동시에 타부는 공격을 날렸다. 그의 몸으로부터 쏘아져 나간 핏빛이 화살이 되어 길드원을 꿰뚫으려 했다.

덩치는 컸으나 행동은 묵직하지 않은 타부였다.

"어딜!"

그 공격을 허웅이 가서 막았다. 무언가 이상함을 직감한 허웅의 인상은 잔뜩 찡그려져 있는 채였다.

퍼억.

의외로 공격은 묵직했다. 쉽게 날린 공격임에도 탱커인 허웅에게 타격이 들어갈 정도였다.

그것으로 끝이 아니었다.

치이이이익—

산성을 띠고 있는지 허웅이 막은 곳은 벌겋게 달아오르기 시작했다.

치익—

무구의 특별함 덕분에 뚫지는 못했지만, 단순한 공격 한 번에 이 정도 타격이라면 상상 이상이다.

'……뭔가 잘못됐다.'

허웅은 그제서야 직감했다. 아니 알아차렸다. 자신의 실수를.

여기서 무리를 하면 안 되었다는 걸, 이제야 알았다.

적은 차분히 처리를 해야 했지, 무리수를 둬서 처리를 하면 안 됐다.

'안일했다. 제길.'

어서 일을 끝내겠다는 서두름. 약간의 광기. 조급함.

그런 것들이 그를 무리하도록 만들었다.

간부로서, 이들을 이끄는 자로서 무리를 하는 자를 막아서고 돌봐야 하는 자리임에도 되레 자신이 무리를 해버렸다.

—킥킥…… 버러지 같은 것들. 같이 가자꾸나.

타부는 허웅에게 더 후회를 할 시간을 주지 않았다.

샤아아악—

몸을 일으키면서 동시에 어마어마한 수의 핏빛 화살을 날려댔다.

김기환의 불의 비와 비슷했으나 달랐다. 그것들은 산목숨을 집요하게 노리는 생물이라도 되는 듯 공격을 해댔다.

그로도 모자라다 느꼈는지.

—같이 놀아보자!

쿠우우웅. 쿠웅.

그 큰 몸을 일으켜서 길드원들을 향해서 달려들기 시작했다. 육중한 몸은 움직이는 것만으로도 무기가 됐다.

허웅은 급히 정신을 차렸다.

"전투 준비! 준비해!"

다시금 자세를 잡았고, 길드원들을 독려하기 시작했다.

"이쪽은 맡겨."

"……휘유. 괴물들 천지군."

그와 함께하는 길드원들 모두, 허웅의 실책을 알았으나

탓하는 자는 없었다.

대신 그와 함께 무기를 꽉 쥘 뿐이었다.

타부를 상대하기 위해서. 또한 이 전장에 있어 방해물이 될 몬스터의 마지막 토벌을 위해서!

*　　*　　*

—더 발악을 해라! 더!

퍼어어억— 퍼억—

"크아아악!"

손짓 한 번에 탱커가 밀려간다.

처음에는 쉽게 버티고 섰던 허웅도 이제는 버티고 설 때마다 땅이 푹푹 파인다. 힘이 빠지는 거다.

오래 이어진 전투. 광기.

그런 여러 가지 것들이 전투를 치르는 허웅을 포함한 모든 이들에게 피로감을 가득 안겨주고 있었다.

문제는 상대.

"큿……."

—킥……

자신의 영역인 이곳에서 타부는 보통 이상의 힘을 내고 있었다.

자라난 길드원들을 몰이사냥 하듯 몰아가며 전투를 진행해 갔다.

—이거나 먹어라!

스아아아악—

무한하기라도 한 듯, 계속해서 핏줄기를 던져 가며 원거리 딜러들을 압박. 그로도 모자라 기회만 생기면 치유계의 뒤를 치려 하던 것도 한두 번이 아니었다.

탱커들이 핏줄기를 막을라치면, 고통도 모르는지 자기 몸을 훅하고 들이밀어서 시선을 분산시킨다.

자신의 공격이 먹히지 않고 막힌다 싶으면 탱커를 무시하고 근거리 딜러를 쥐어 잡으려고 든다.

—죽자!

"막아!"

"탱커! 뛰어! 거기는 피하라고!"

그럼 탱커는 딜러를 잡으려고 드는 타부를 막기 위해서 무리를 할 수밖에 없었다.

'힘은 별거 없는데…….'

타부. 몬스터로 치면 레이드급 몬스터는 맞다.

힘은 분명 강하다. 하지만 자라난의 힘으로 상대하지 못할 그런 몬스터는 아니다.

이보다 강한 몬스터들도 수도 없이 쓰러트려 왔다.

김기환 같은 괴물은 아니지만, 그래도 이 정도의 레이드급은 분명 쓰러트릴 수 있다.

문제는 그게 아니었다.

놈의 가장 큰 강점은 힘이 아닌 바로 머리!

레이드급 몬스터라고 하더라도 패턴이 있다.

몬스터여서 한계가 있는 건지, 종족적인 한계인지는 몰라도 공략법만 찾아내면 큰 힘에 비해 쉽게 쓰러트릴 수 있다.

꼭 그게 아니더라도 정석적인 방법도 있다.

정석적인 방법으로 탱커는 방어를 하고 딜러는 공격을 하며, 치유계는 말 그대로 치유를 해가면서 차륜전을 펼치면 결국 인간이 이긴다.

아니면 속성을 이용을 하거나!

헌데 이놈은 그게 아니었다. 머리를 쓸 줄 알았다.

탱커들에게 어그로가 끌리지 않았다. 약한 딜러부터 노릴 줄을 알았다.

원거리의 약점이 뭔지 알았으며, 치유계가 그 누구보다 약함을 알았다.

약았으며 집요하게 약점을 노렸다.

탱커들이 어거지를 부려서야 겨우 탱킹을 할 수 있었다. 무리를 하지 않고서는 놈의 공격을 막는 것 자체가 어려웠다.

머리를 쓸 줄 아는 상태는, 약하면서도 모여서 강해지는 자라난에게 있어 최대의 적이었다.

준비되지 않은 적.

—더 해 봐라!

놈이 쓸데없는 말을 지껄이며, 시선을 분산시키는 것도.

부우우웅—

손을 휘둘러가며 딜러를 공격하는 것도.

스아아아악—

핏줄기가 나가는 것도 모두 놈의 작전.

이대로 놈의 작전에 걸려들어 있어 봐야 결국 당하는 쪽은 이쪽이 된다.

"……방법이 필요해."

허웅. 그의 인상이 잔뜩 찌푸려진다.

이번에 무리하게 잘못된 선택을 한 것에 대한 죄책감과 함께 어떻게든 해내야 한다는 고뇌로!

* * *

생각해야 했다. 머리에 번뜩 떠오르는 것은 있었다. 문제는.

"……될까?"

가능하냐는 것.

처음부터 강하지 않은 자가 있었다. 그런데 강해졌다. 함께해 왔는데 그놈은 더욱 빠르게 강해졌다. 괴물이 됐다.

그게 김기환이다.

그와 함께했다. 처음엔 함께하는 것만으로도 만족했다. 힘이 났다. 자랑스러웠다.

하지만 동시에 생각이 들었었다.

'나도 할 수 있을까. 하고 싶다.'

질투는 아니었다.

목숨값의 빚을 져놓고 추잡스런 질투를 할 만큼 허웅은 어리석지 않았다. 그만큼 어리석었다면 김기환이 친구로 삼지 않았을 것이며, 아예 데리고 오지도 않았을 것이다.

적어도 그의 본성은 선했다.

다만 김기환을 돕고 싶었을 뿐이다. 친구라는 놈의 도움이 되고 싶었을 뿐이다.

후우웅— 퍼어억!

"큿……."

무리한다 할 만큼 강한 수련을 해 왔다.

전략을 공부했고 전술을 공부했다. 운이철이 있더라도 언젠가 쓸 데가 있을 거라 여겼다.

하지만 이것만으로는 부족하다 여겼다.

'이걸론 안 돼.'

특별한 어떤 방법을 사용하지 않고서는 어떤 '격'을 뛰어넘을 수 없을 거라 생각했다.

그래서 구하고 다녔다. 자신이 안 되면, 남에게서 도움을 청해서라도. 구걸을 해서라도 구하려 했다.

"어떻게 하면 됩니까?"

"뭘 말입니까?"

"강해지는 것."

"강해지는 것이라……."

그래서 허웅은 운이철에게 물었다. 그때 허웅을 살피던 운이철 그의 눈은 그 어느 때보다 깊었다. 심연을 보는 듯했다.

한참이나 그렇게 그를 바라보던 운이철은 이윽고.

"이론밖에 안 될 수 있습니다만, 이능력이라 하는 건 어쩌면……."

강해져야 한다는 그에게 이능력에 대한 설명을 했다.

처음에는 무엇을 설명하는가 했다.

이능력을 이용해서 강해지기야 하지만, 갑작스레 이론이라니?

쓸데없는 것을 가르쳐 준다 했다. 하지만 들을수록 빠질 수밖에 없었다. 그 안에 핵심이 있었다.

많은 것들을 가르쳐 주었지만, 딱 두 가지만이 기억에 남아 있었다.

'격발과 의지.'

어떤 식으로든 주어진 이능력. 그에 뒤따르는 의지. 올곧음. 힘.

그리고 그 모든 것들을 아우르는 격발.

운이철은 그걸 말했었다.

"……자신의 이능력을 안에서 한번 폭발시키는 거죠."

"그럼 죽지 않습니까?"

"그럴 수도 있지만…… 아닐 수도 있습니다. 한 단계 높은 격으로 올라갈 수도 있습니다. 이론상으로는……."

"하……."

"각성체라는 것도 결국은 그 격발을 돕는 도구일 수도 있다는 겁니다."

"홀로 가능하다 이 말인 겁니까? 각성체 없이도? 각성이?"

"아마도요. 뭐 결국 이론밖에 안 됩니다. 그게 실제로 되기에는 어렵죠. 십중팔구 죽을 겁니다."

결국 이론뿐.

목숨을 걸고 해야 하는 그런 것이지만 가능성은 있다 했다. 적어도 0%는 아니라 말했다.

각성체를 흡수하고 각성을 했던 그 아닌가.

무능력자에서 이능력자가 된 그가 했던 이론이다. 자라

난을 지금 수준으로 일구기까지 온갖 방법을 고안했던 그의 말이다.

"후……."

심호흡을 한다.

길드원들을 바라본다. 악을 쓰면서도 어떻게든 해내려는 그들을 본다. 자신을 원망치 않고 타부를 상대하는 데 집중하는 그들을 본다.

"조심해!"

어느덧 사랑하는 사이가 된 이를 본다.

악을 쓰고, 때로 무섭기도 하지만, 자신에게는 그 누구 못지않게 사랑스런 이다.

"……노려! 집중적으로 노리라고!"

자신 못지않게 노력해서 강해진 친구를 본다. 마동수. 바보 같지만 끝까지 함께할 친우다.

친우. 동료. 연인.

그 셋이 전부 걸려 있다.

'……걸만하잖아?'

여기서 주저앉기보다는, 자신의 뼈아픈 판단으로 모두가 다치게 하는 것보다는!

적어도 자신 하나를 거는 게 나았다. 정답은 애당초 정해져 있던 것일지도 몰랐다.

"……내가 실패하면 물러나라."

"예? 그게 무슨!"

"간다!"

설명할 시간도, 답을 줄 시간도 없다. 달려야 했다.

저 적을 처단해야 했다!

타악—

허웅의 몸이 날 듯 뛴다. 타부와의 거리가 가까워진다. 그와 함께.

'……터트린다.'

자신의 몸 안에 있는 이능력을 자신의 의지로 터트렸다.

*　　*　　*

"크윽……."

격발된다. 온몸에 있던 이능력이 폭발한다. 자신의 의지에 의해서.

몸이 타오르는 듯하다. 동시에 한기가 느껴진다. 그 어느 때보다 춥다.

온몸의 피가 다 사라진 느낌이다. 동시에 피가 쏟아지는 느낌이다.

모순. 또 모순.

형용할 수 없는 느낌.

그 아래에서 찾아갔다. 심연으로 빠져들어 간다. 그 안에서, 답을 찾는다.

'……나타나.'

각성체. 아니 각성. 그 어느 표현이라도 좋다.

이 빌어먹을 상황을 끝내 줄 수 있는 것이라면!

*　*　*

—너어!

이상을 느낀 타부가 허웅을 바라본다.

일족의 비술로 몸을 바꾼 그이기에 바로 느낄 수 있을지도 몰랐다.

자신이 몸을 바꿨듯, 허웅 또한 뭔가를 향해서 나아가고 있었다.

어떻게 해낸 것인지 몰라도, 어떤 방식인지는 몰라도 하나는 분명했다.

'막아야 한다!'

타부의 뇌에 가득 경고음이 들어온다.

쿠웅— 쿵—

여유가 사라졌다.
안 그래도 가까워져 가는 허웅을 향해서 몸을 날린다.
—죽엇!
변화하려는 그에게 손을 뻗는다.
터트리기 위해. 저 힘을 자신의 것으로 하기 위해. 적을 말살하기 위해!
후우우웅—
손을 뻗어간다. 조금. 조금만 더! 일 미터도 남지 않았다! 곧 터트릴 수 있을 그 순간인데.
—크아아아아악!
온몸에 고통이 느껴진다. 몸이 더 뻗어 나가지지가 않는다.
이 몸으로 전에 없던 압박이 느껴진다. 어마어마한 압력에 온몸이 짓눌리는 느낌이다.
'……또!'
이건 중력이다.
자신이 손을 휘저을 때면, 결정적인 순간이면 자신을 막아대던 자의 힘이다.
마동수라 했던가.
"이 미친 새끼야!"
그가 미친 듯이 소리치고 있었다. 무리를 했는지 온몸이 붉어지고, 이능력의 빛이 희미해지는 가운데에서 변해가는 허웅을 향해 소리치고 있었다.

"어서 튀어! 새꺄! 영웅 노릇 하지 말라고!"

진심으로 걱정하는 듯. 미친 듯 소리치고 있었다.

연극을 하는 것인가? 아니면 우정 노름이라도? 어느 쪽이든 타부로서는 마음에 들지 않는 상황이었다.

—노오오오옴!

우즉. 우즈즈즉.

몸이 부서지는 걸 상관치 않는다. 힘을 사용한다. 압력을 이겨낸다. 부족했던 거리. 일 미터.

일 미터만 더 손을 뻗으면 허웅을 찢어발길 수 있을 그 거리를 좁히기 위해서!

우즈즈즉.

힘이 먹혔다! 중력을 이겨낸다! 점차 거리가 가까워진다!

일 미터. 50센티. 30센티. 곧! 닿는다.

그 순간.

우즈즈즈즉.

—뭣?

자신의 몸이 아닌 허웅의 몸에서 무언가 '어긋나는' 소리가 들려왔다.

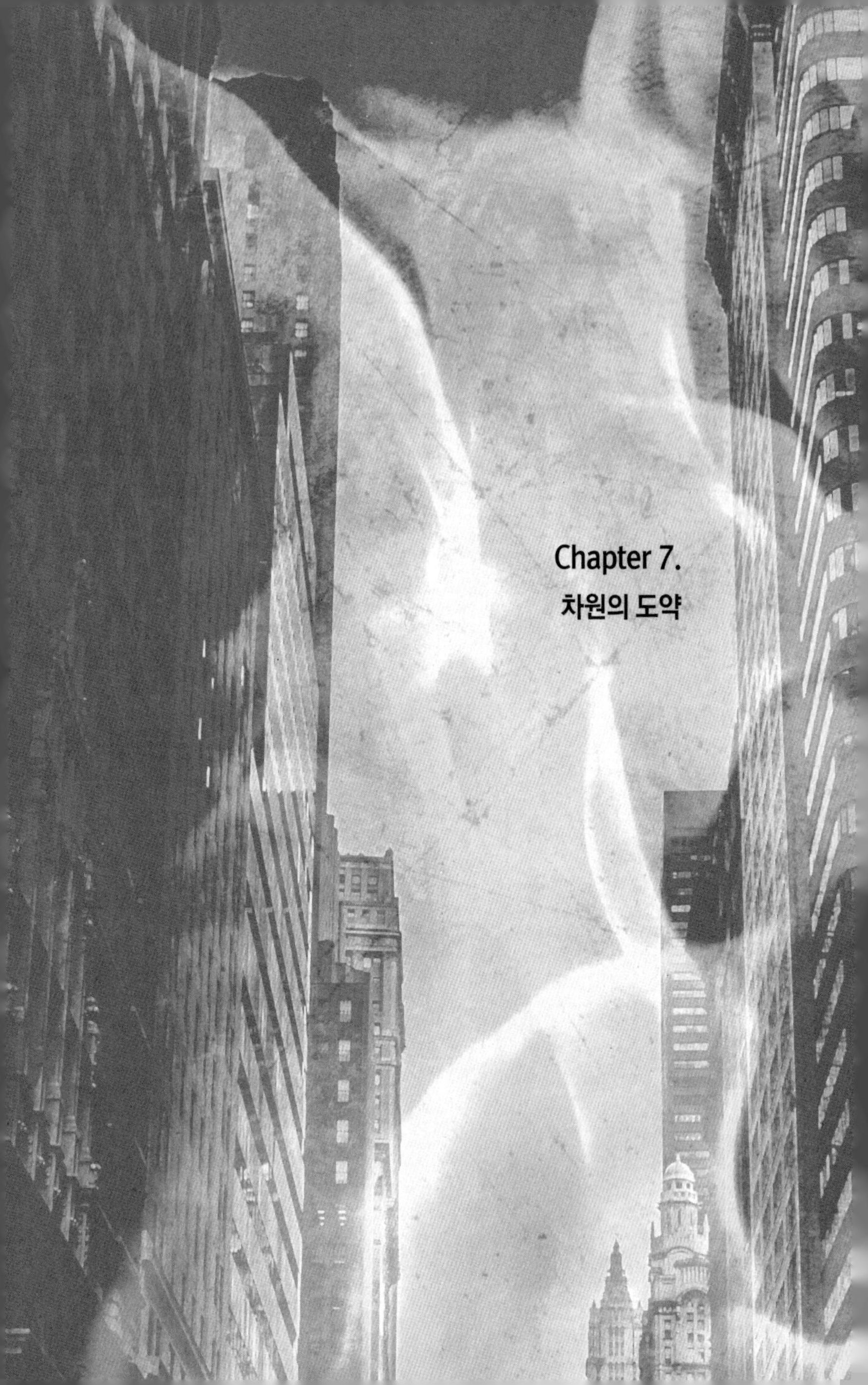

Chapter 7.
차원의 도약

"……이건가."

극적인 변화는 없었다. 몸이 커지거나, 타부처럼 핏빛으로 물들지도 않았다.

대신. 안에서 격발된 모든 힘들. 폭발하면서 커진 모든 힘들이 그 안에 깃들었다.

모든 것이 느껴졌다.

'이 감각이군.'

김기환이 말하던 초감각. 주변의 모든 것들이 느껴지는 그 감각이 그에게 깃들었다.

몸은 더 단단해졌다.

본능적으로 알 수 있었다. 자신의 몸을 침범할 힘은 거의 없다. 설사 침범이 가능하다 해도.

'이겨낼 수 있어.'

그뿐이다. 자신의 단단해진 몸을 뚫더라도 그 안에 남은 기운.

모든 걸 폭발시키고 커진 힘. 목숨을 걸고 나온 그 힘에 막힐 거다. 분명히.

'……운이 좋았다.'

운이철의 조언이 없었더라면.

자신이 피 끓듯 매일 이어가던 수련이 없었더라면.

친우. 연인. 길드. 그 모든 이들에 대한 애정이. 그로 인한 의지가 없었더라면 불가능했다.

동료. 의지. 조언. 훈련. 피 끓음.

어느 하나 부족한 것이 있었더라면 자신은 이곳에 도달하지 못했다.

'좋아.'

*　　*　　*

새로운 경지에 도달한 허웅에게 도달하는 건 또 하나 있었다.

—너어어어!

후우우웅—

길게 이어지던 타부의 거대한 주먹.

핏빛으로 만들어진 육체에서 이어진 무시무시한 힘이 허웅을 향하고 있었다.

십 센티. 오 센티. 거의 도달하려는 그 찰나.

십 미터도 더 전부터 주먹을 휘두르던 타부와 다르게, 허웅은 찰나밖에 준비할 시간이 없었다.

"……."

하지만 그럼에도 허웅은 표정 하나 바꾸지 않았다. 침묵하며 침착했다. 손을 들었을 뿐이다. 그리고 그 손으로.

터어어억—

타부를 막았다. 너무도 쉽게. 아무런 힘도 들이지 않은 듯!

—!

"……가볍다고."

거대한 주먹을 한 줌도 되지 않는 손으로 막아내는 비현실적 광경.

그것이 시작이었다.

*　　*　　*

'이렇게 가벼웠나.'

퍼어어어억—

공격을 하기 위한 형식도, 소위 초식이라 말하는 것도 필요 없었다.

이능력을 무리해서 뽑아낼 필요도 없었다.

그 몸 자체가 이능력. 이능력이 곧 그의 몸인 상태가 된지 오래다.

—이놈이!

그저 분노하며 손을 휘저으려 하는 타부의 주먹을 피하지 않고, 같이 주먹을 내뻗는 것만으로도.

퍼어어어어억—

—크아아아아악!

손이 아작 나는 쪽은 타부였다.

단단하기만 하던 손. 핏빛으로 보호받던 타부의 손이 그의 주먹질 한 방에 무너져 내린다.

"하……."

손을 내뻗는 허웅으로서도 실감이 안 날 지경.

새로운 깨달음, 한 차원 격이 올라간 고양 상태에서 오는 힘 때문인지, 본래부터 타부가 약한 건지 알 수가 없을 지경이다.

그 힘을 확인해야 했다.

"……."

후우우우웅—

—크아아아악!

다시금 주먹을 내뿜는다. 으깨졌던 주먹이 으스러진다.

타악.

발을 뻗어 거리를 좁힌다. 으깨진 손에 고통스러워하는 타부와 가까워진다. 으스러진 손 뒤의 팔목을 잡는다.

'찢는다…….'

쯔즈즈즈즈즈즈즉—

팔목을 잡는다. 잡아당긴다. 그 손이 이끄는 대로 그대로 가죽이 찢어발겨진다.

—노오오오옴!

스아아아아악!

타부라 해서 가만있는 것은 아니었다.

다른 이들을 공격하기 위해서 만들었던 핏빛. 그 핏빛을 불러들였다. 오직 허웅에게로 집중을 했다.

그를 죽여야만 자신이 살 수 있다는 듯!

아아아앙—

그렇게 모은 핏줄기. 모든 핏줄기를 허웅에게 쏟아붓지만.

터어억. 턱. 터억.

"쓸데없다고."

모기에 물린 간지러움조차 느껴지지 않는 듯. 그 핏줄기를 전부 몸으로 때워 버리는 허웅이었다.

타격 자체가 들어가지 않았다.

—……!

다시금 놀란 눈을 하는 타부.

타부의 모든 게 무용(無用)했다.

그가 자랑하던, 쏘아지는 핏줄기도 허웅을 넘지 못한다.

단단해진 육체는 허웅에게 으스러진다.

광기를 불러 넣고 그의 힘을 북돋아 주는 핏빛. 상대를 압박하는 안개도 먹히지를 않는다.

모든 것이 소용없는 상태. 그럼 남은 건 단 하나밖에 없지 않는가.

"끝을 내자."

죽음뿐.

* * *

퍼어어어억. 퍼억.

다져 갔다. 아니, 으스러트린다는 게 맞았다. 사실 어느 표현도 상관없었다.

중요한 것은 하나.

허웅이 발을 뻗고 손을 뻗을 때마다 타부가 망가져 간다는 것!

"……."

모두가 전투에 참여를 하지도 못하고 놀랄 만큼 압도적인 광경이 만들어지고 있었다.

퍼어어어억.

한 번의 발길질에 손이 사라지고. 아킬레스건이 끊어지다 못해 발목째로 날아가 버린다.

'상성 자체가 좋다.'

단단해져 버린 그의 몸. 그의 몸에 타부와 같은 잔재주가 많은 놈은 애당초 상대하기 쉬운 것일지도 몰랐다.

너무도 쉽게.

—그, 그만!

타부는 망가져 갔다.

육체는 흐트러져 갔고. 그를 보호하던 핏빛은 사그라들어 갔다.

거대한 덩치. 오우거보다도 큰 덩치를 자랑하던 타부는 어느샌가 절반이 채 되지 않게 됐다.

조금 큰 키. 평균을 상회하는 키를 가지고는 있지만, 전보다는 훨씬 줄어들어 버렸다.

—흐억.

퍼어어어억— 우즉!

그런 타부에게도 허웅은 가차 없었다. 허웅의 주먹을 맞은 타부의 몸이 튕겨져 나간다.

전이라면 반항이라도 하겠지만 이미 전의를 잃은 상태. 더 반항할 생각도 하지 못하는 상황이었다.

'도, 도망을…….'

지금의 타부에게는 자신에게 명령을 내린 육욕의 왕보다도 허웅이 더 두려웠다.

그를 둘러싸고 있는 자라난이 공포스러웠다.

이성적인 판단을 하기에는 공포가 그를 잡아먹었다. 순간적으로 이성을 잃었다.

—으아아아아아아!

홰까닥 돌아버린 눈으로 타부가 뒤로 돌았다.

붉어진 눈만은 유지한 채로 자신의 몸을 녹이려 했다. 한 줌의 핏물로 자신의 몸을 변화시켜 도망치려 했다.

스르르—

그의 몸이 액체로 변하려는 그 순간.

"마무리는 이쪽이 해야겠는데?"

"얼마든지."

상황과 어울리지 않는 쾌활한 소리가 들려온다.

—뭣!?

그게 타부의 마지막.

스아아아아악—

어마어마한 힘이 내포된 무언가가 자신에게로 날아드는 것이 느껴졌다.

자신이 무엇에 죽는지 알기라도 하겠다는 본능이 발현된 것일까?

공포에 질린 채로 자신도 모르게 타부는 뒤를 돌아봤다.

그의 눈에 마지막으로 비친 것은.

'칼날!?'

새하얗디새하얀 핏빛의 아래에서도 새하얀 빛을 유지하던.

핏빛의 광기를 되레 즐기듯 검신을 부르르 떨던 새하얀 검날이었다.

투우우우욱—

검날이 스쳐 지나간다. 목이 따인다. 그대로 두 동강 나버린다. 그 아래로 타부의 머리가 툭하고 떨어진다.

그게 그의 마지막이었다.

*　　*　　*

이리저리 매만져 본다.

액체인지 고체인지 모를. 아니 형상은 두 팔 두 다리가 달려 있는 인간이지만 인간인지 확신도 못 할 시체를 이준성은 잘도 매만졌다.

"확실히 죽었어. 특이하긴 하지만."

"확실히?"

"그래. 확실히!"

"흐음……."

그런 시체를 허웅은 멍하니 바라봤다.

아직도 그의 몸은 계속해서 힘이 치솟아 오르고 있었다. 열이 오르고 있었다.

몸은 아직 전투 상태로 달아올라 있는데,

'죽었다라…….'

끝을 맺어야 할 적은 이미 죽어버렸다. 너무도 허무하게. 제대로 상대도 되지 않은 상태로.

'그 녀석도 이런 기분을 느꼈을까?'

김기환. 자신이 따르는 자. 친우. 그리고 괴물.

그도 이런 기분을 느꼈을까? 알 수가 없다.

다만 중요한 건 아직까지도 몸이 더 강한 상대를 원한다는 것. 그게 중요했다.

감으로 알 수 있는 게 있었다.

지금 이 순간 강자를 상대하면 할수록. 더 강한 벽에 부딪치면 부딪칠수록.

'더 강해진다.'

철이 담금질을 받아 더 강한 철로 태어나듯 자신도 더 강해질 수 있었다.

이성적으로 설명은 되지 않지만, 이건 일종의 본능이었다.

그렇기에 그 본능이 가리킨다.

"돌아가자. 집, 아니 전장으로 갈 차례다."

어서 돌아가라고.

전장. 김기환이 날뛰고 있을. 그 전장의 한가운데로 가서 이 힘을 발산하라고!

*　　*　　*

전장.

허웅으로서는 김기환이 날뛰고, 즐거워하고 있을 거라 생각하는 전장. 어서 끼고 싶은 그 전장에서 막상 김기환은.

"아오! 이 썩을 놈의 새끼들이!"

"야레. 야레. 진지하라고!"

"너나 그딴 말 하지 말고 진지해!"

미친 듯이 소리치며 전장을 뛰어다니고 있었다.

후아아아아아앙—

전장의 불꽃을 먹고 자라난다는 걸 증명하듯 어마어마한 화염을 뿜아내고, 그 힘으로.

투우우우웅!

"크악!"

"탱커! 막아! 또 온다!"

거대한 불꽃을 폭발시켜 크리에이터를 만들어 내는 주제에!

얼굴은 잔뜩 질린 표정이었다.

도무지 적이 줄지를 않았다.

백만대군. 십만대군. 이런 숫자까지는 갈 것도 없었다. 애당초 그런 숫자는 허풍이 큰 거다.

모두가 자발적으로 나서면 모를까, 군사로 백만은 말도 안 되는 과장이다.

현재로서는 실제로 운용도 힘들다.

실상 운동장 한가운데를 가득 채우는 천 명 넘는 인구만 돼도 질려버릴 정도다.

그런데 놈들은 적어도 수천은 계속 데려왔다.

김기환이 적의 이능력을 태워대는데도, 끝도 없이 어디서 잘도 데려왔다.

"끝이 안 난다고! 대체 이 새끼들은 얼마나 헌터를 보유한 거야!?"

"이쪽이 언데드 뽑고 그쪽이 화염을 뽑아내듯, 헌터를 뽑아낸 걸지도 모르지?"

"말이 되는 소리를 해라!"

"생각해 보라고? 인공 각성체도 만드는 놈들이다!"

"……두려운 소리군."

처음에는 말도 안 되는 소리라고 생각했지만, 적은 이능력을 발휘하게끔 만드는 어떤 힘이 있는 걸지도 몰랐다.

그도 아니면.

'저들 자체가 뭔가 있거나.'

거대 길드. 중형 길드를 넘어서, 육욕의 왕이 데려왔다는 저들에게 김기환이 생각지도 못하는 뭔가가 있을지도 몰랐다.

'그래도 당장 중요한 건 그런 게 아니지.'

당장 중요한 건 몬스터 웨이브 오듯 몰아치듯 달려드는 저들을 막는 것이었다.

유독 김기환이 막고 있는 동쪽의 방벽으로 저들이 오고 있다는 게 중요했다.

"오늘도 막아보자고."

"얼마든지. 보수만 쳐 준다면야!"

"시끄럿!"

검은 로브. 그와 함께 적들의 군세를 향해 김기환의 몸이 쏘아져 나간다.

*　　*　　*

"온다!"

적들도 가만 있었던 건 아니다.

김기환이 괴물일 뿐이다. 본래부터 인간은 언제나 약했다. 그러나 약자로서 강해지는 법을 인간은 분명 알았다.

자라난 길드가 약자로서 모여, 강자로 변화했듯이.

이들도 김기환을 상대해 가며 대응법을 만들어 갔다.

처음엔 김기환을 같은 인간의 선상으로 봤으나, 지금은 레이드급. 그 이상으로 친 지 오래다.

누군가는 왕이라고 이름을 붙이기도 했지만, 대놓고 그를 왕이라 부르는 자는 없었다.

다만 그 강함은 확실히 인정을 했기에, 이들은 레이드를 하듯 김기환을 상대로 대응을 시작했다.

*　　*　　*

—캬아아.

별의별 모양. 전투에 맞춰가는 듯 갈수록 모양이 기괴해져 가는 김기환의 군세들이 달려오면 그때는 탱커들이 나설 때였다.

"준비해라!"

"……오늘도 질리는군."

"닥치고 준비!"

하나, 하나가 레이드급. 그런 몬스터를 상대로 일선에 나서는 탱커들로선 긴장이 될 수밖에 없는 터.

'그래도 여기가 다른 곳보다는 나아.'

자신의 방패. 무기. 방어구. 그게 무엇이든 질끈 손에 쥐고서는 앞서 달려가기 시작한다.

김기환의 군세 한 마리, 한 마리가 레이드 급의 몬스터라고 생각하며!

—캬아!

쿠우웅. 쿵.

거대한 덩치를 자랑하는 군세에게로 달려간다.

쓰아아악!

"브레스다!"

"……크읏."

불로 만들어진 주제에 불을 무기로 쏴대는 놈들을 막기도 하고.

―키이……

자신이 쏘았던 불을 다시 흡수하면서 덩치를 키우는 괴악한 짓을 하는 그들을 상대로.

"한 방 먹여!"

"준비한 대로!"

물의 이능력자들은 자신들의 물을 뿜어 군세의 화염을 사그라들게 하려 노력했다.

당황하기만 했던 처음에 비하면 훨씬 나아진 모습이다.

탱커. 딜러. 치유.

이 셋의 조합으로 불의 군세를 상대해 가는 그들은 적어도 침착해 보였다.

하지만 그러지 못한 쪽도 분명 있었다.

파아아아앙―

불의 비. 압도적인 화력으로 불을 뿜어대는 화력의 비들은 군세를 상대하고 남은 다른 이들이 상대를 할 수밖에 없었다.

"온다!"

"……바람은 여기다!"

"알고 있어!"

화염에 상성이 좋은 물과는 다르게 바람의 경우는 할 수 있는 게 제한적인 터.

그들이 할 수 있는 건 무한한 듯 뿜어져 나오는 화염의 비가 내려오는 궤적을 방해하는 것뿐이다.

자신들을 향해서 폭격하듯 쏘아져 오는 화염의 궤적을 바람으로 바꾸는 식이었다.

말은 쉽다.

"크으윽……."

"시바!"

실체도 없는 주제에 중력의 힘까지 보태어져서는 미사일처럼 쏘아지는 불의 비를 이능력으로 막는 건 묘기라면 묘기!

어마어마한 힘이 들 수밖에 없는 일이었으며, 한 수를 펼치는 것만으로도 진이 빠지는 일이었다.

콰아아앙! 쾅!

그래도 어찌어찌 막아는 낸다. 무한한 듯 쏘아지는 불의 비의 궤적을 비껴가게 하는 데 성공한다.

덕분에 아무것도 없는 허공에서, 혹은 땅에서 화염의 비가 떨어져 폭발한다.

하지만 이 한 번을 막아 냈다고 해서, 안심할 수가 없었다.

스아아아악!

화염이 땅에 부딪쳤다 해서 꺼지랴. 폭발이 이어졌다고 화염이 사라지랴.

되레 더욱 강한 화염으로 번진다.

땅에 부딪치고 남은 화염들. 살아남은 화염들이 파편이 되어서 주변에 퍼져나가기 시작한다.

아까는 미사일처럼 공중에서 터진 거라면, 이제는 작아지기는 했으나 모두 살상력은 충만한 수류탄의 조각은 되었다!

"또 온다!"

"미친 거라고 이거!"

"닥치고 막아! 연습한 대로 해!"

콰아앙— 쾅— 콰앙!

이번에는 궤도를 흩트리는 짓은 하지 못했다. 그 대신,

화아아아악—!

"힘 써!"

그들이 가진 이능력.

화염이든 물이든 바람이든. 아니면 특수한 무엇이든 간에. 자신들의 이능력을 끌어 올려서 화염의 파편들과 부딪쳐 갈 뿐이었다.

이들로서는 이게 최선!

허나 그들에게 최선이나, 최고의 결과를 만들어 내지는 못했다.

"어디 놀아 보자. 새끼들아!"

질린 표정을 하면서도, 잘도 화염의 검을 뽑아들은 김기환이 어느샌가 그들과 거리를 좁혔다.

고작해야 몇 미터 거리.

김기환 정도의 괴물들에게는 0과 같은 거리였다. 몇 미터의 거리가 있다 해서 그가 공격을 할 수 없지는 않았으니까.

후우우우웅—

그가 검을 한 번 휘두를 때마다, 검은 몇 미터는 됨 직한 거대한 채찍이 되어 휘둘러진다.

"막아!"

"어디 막을 수 있다면!"

파아앙—

채찍이 허공을 수놓는다. 뱀이 꿈틀대듯 이곳저곳 휘어 들어가며 여럿의 헌터들을 공격한다.

"크아아악!"

비명이 수놓아진다. 한 번의 채찍질에 수명의 헌터들이 전투 불능이 된다.

"다 태워 보자!"

그걸로도 힘이 떨어지지 않은 듯 김기환은 끊임없이 불의 채찍을 휘두르기 시작했다.

힘. 그 하나만으로도 모두를 압도하고 남는 김기환이.

"잡았다! 요놈!"

머리까지 쓴다.

타부가 그러했듯, 상대하는 데 시간이 걸리는 탱커들은 비껴 지나간다.

근거리, 원거리 가릴 것 없이 딜러들을 노리고, 그 뒤에서.

"으아아아! 나는 전투는……."

"전장에 나온 순간 그딴 거 없다고!"

겨우 버텨 가는 치유계들을 집요하게 노린다.

—캬아아아.

레이드 당하듯 적들에 의해서 묶인 자신의 군세를 김기환이 직접 나서서 풀어 준다.

가장 선두에 있는 불의 군세와 함께 섞여 물 만난 고기처럼 적을 휘젓는다.

그대로 전진을 한다.

"쏴라! 쏴!"

고오오오오오— 콰앙!

여전히 강력한 증폭포가 반항하듯 쏘아붙이지만 미미한 수준밖에 되지 않았다. 처음처럼 전장을 뒤바꾸기에는 무리였다.

전장의 힘을 먹고 자라가는 김기환의 군세. 그도 아니면.

"……이번엔 노획해 주지!"

미친 듯 날뛰고 있는 김기환에 의해서 부서지거나.

쯔와아아압—

그가 미리 챙겨 온 공간 장치 안으로 노획될 뿐이었다.

되도 않는 반항, 그 뒤에는.

"……하느님."

"나오지도 않는 양반 그만 찾으라고. 키킥."

검은 로브가 있었다. 불이 지나간 자리에 남아 자신의 군세와 함께 적들을 기다린다.

죽여도 죽여도 죽지 않는 그의 군세가 전보다 더 많아져 그들을 기다린다.

"전진."

—그륵.

—그어어어어.

화염이 지나가고 난 자리에 어두운 죽음의 물결이 기다리듯 스쳐 지나간다.

*　　*　　*

누군가 외친다.

"이게 무슨 의미가 있냐고!"

"버티면 된다! 버티면!"

항상 밀리는 전투. 고작해야 두 명한테 막히는 이 전투를 왜 해야 하는지.

미친 듯이 당하면서도 소모전을 왜 벌여야 하는지 의문을 가진다.

김기환과 검은 로브.

근래 들어선 왕보다도 더 유명해져 가는 그에게 계속해서 당하는 주제에, 육욕의 왕은 계속해서 소모를 강요했다.

무언가 숨겨 놓은 수라도 있듯이!

*　　*　　*

그들의 전장을 뒤에서 바라보는 자가 있었다.

이들을 보낸 자들. 왕들의 보좌관들이었다.

"……."

"……."

그들의 기준으로는 서쪽. 김기환의 기준으로는 동쪽의 성벽에서 일어나는 전투를 말없이 바라본다.

때가 되었다고 느낀 걸까.

"왕이 곧 오신다. 그 이전에……."

"하나 정도는 얻어내는 것이 좋겠지. 성과가 너무 없었어."

"그럼 가자."

그들 중 일부가 움직이기 시작한다.

김기환이 있는 곳이 아닌 다른 곳으로.

동쪽에서는 지속적인 소모전을 걸어 김기환의 발을 잡아 놓은 그대로 그들은 다른 곳을 노리기 시작했다.

*　　*　　*

대 군세.

수십 년간 한 영역을 지배해 온 그들은 김기환이 상상한 수 이상의 것들을 동원할 수 있었다.

그중 가장 쉬운 것은 물량.

동쪽에 김기환을 묶어 놓고서는 그들은 다른 곳을 치기 위해서 왔다.

가장 먼저 남쪽.

김기환이 막고 있는 동쪽을 돌고 돌아서 온 군세가 가장 먼저 남쪽에 도착했다.

북은 몬스터의 영역. 서쪽은 바다가 인접했다는 걸 생각하면 남쪽에 새로운 적들이 오는 것 정도는 예상할 수 있는 일인 터.

자라난 쪽도 바보가 아니기에 남쪽에서 올 적을 대비해서 미리 배치는 해 놨다.

문제는.

"개미떼도 저거보단 적겠는데……."

"캬아. 진짜 많잖수? 이거 괜찮소, 대장? 수지가 안 맞지 않아?"

"계산이야 내가 한다."

"그거야 대장 영역이긴 하지만…… 질릴 정도군!"

그 수가 상상 이상으로 많다는 것. 김기환에게 많은 병력을 보냈기에 이 이상은 힘들 거라 봤는데, 그들이 보내는 수는 예상 이상이었다.

'협력이라도 받은 거겠지.'

김기환. 이준혁. 정우혁. 그들이 동맹을 맺어 활동하듯 저들도 자신들의 것을 지키기 위해 왕끼리 협력을 한 거다.

그렇지 않고서야 저 정도의 병력을 동원하는 건 불가능하다.

많아도 너무 많았다.

'그래도…….'

물러나지는 않는다.

~~우우우웅—~~

정우혁이 이능력을 끌어 올렸다. 그의 주변으로 빛이 피어오른다. 그 특유의 힘에 공간이 왜곡되는 것이 보인다.

저 왜곡된 공간 안에 빠져들면, 생각지 못한 어떤 공간으로 빠져버릴지도 모를 일이다.

혹은 생각지도 못한 어떤 공간을 소환해 낼 수도 있다.

무시무시한 힘이다. 또한 위험한 힘.

공간을 다룬다는 것은 그런 많은 의미를 지녔다. 그런 걸 잘도 정우혁은 다루기 시작했다.

그런 힘에도 옆에서 그를 보호하듯 선 그의 수하이자 동행자가 묻는다.

"가능하겠수? 너무 많은데?"

"가능해."

대답은 정우혁이 아닌 다른 이로부터 들렸다. 어느샌가 그의 왼편을 차지하고 있는 여인, 그의 하나뿐인 호위였다.

"하…… 그거야 댁 눈에는 항상 대장이 대단해 보이는 거고."

"걱정 마. 봐."

여자가 손짓을 한다.

손짓의 방향은 적들. 몰아치듯 달려오는 적들이었다.

이미 전투태세를 갖춘 듯 누군가는 기마병보다도 더 빠르게 달려왔다. 또 누군가는 움직일 때마다 땅이 패었다. 하늘에는 수없이 많은 이능력이 수놓아져 있다.

그곳에.

공간을 왜곡하며 움직이는 정우혁의 힘이 쏘아져 간다. 쏘아진 힘이 움직일 때마다 왜곡된 공간이 보인다.

별무리. 암흑. 빛. 원소만이 가득한 곳. 이곳과는 다를 수 있는 이세계. 어쩌면 평형의 세계.

생각지도 못한 공간들이 가득 찬다.

그 공간이.

"하……."

까득—

적을 잡아먹으려 하고 있었다.

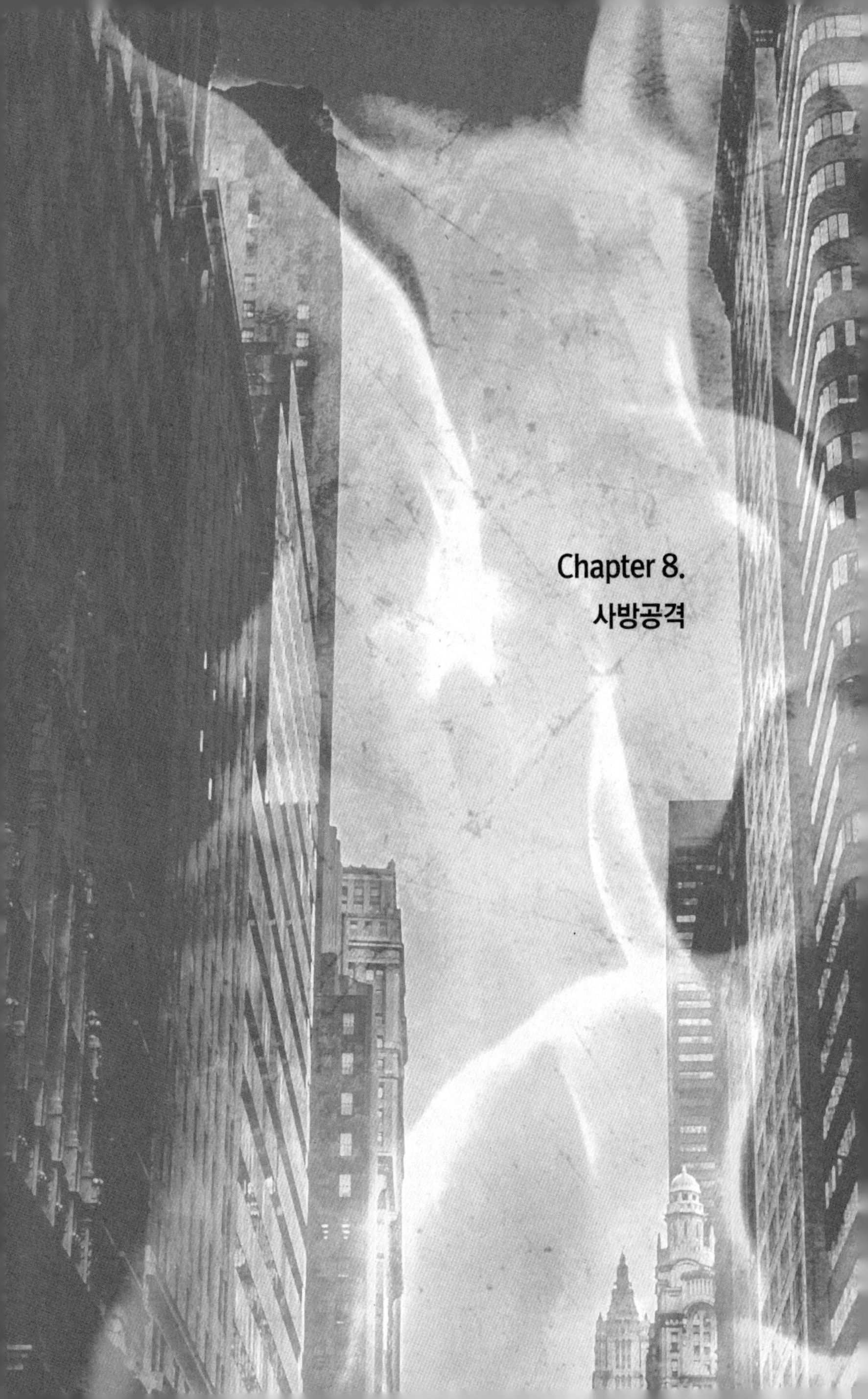

Chapter 8.
사방공격

정우혁이 날리는 공격은 빠르지 않았다. 딜러들이 날리는 공격들을 생각하면 느린 편에 속했다.

공간을 잡아먹으면서 오는 그 빛의 속도는 결코 빠를 수가 없었다.

압도적인 힘이 아니고서야 느린 공격은 결국 막힐 수밖에 없다. 상식이 그렇다.

공격을 위해 나선 자들도 바로 대응을 했다.

"막아!"

"핫!"

~~우우우웅~~

이능력을 끌어 올리고, 날렸다. 공격엔 공격으로 상쇄를 시키려 했다.

같은 이능력끼리 부딪쳐 폭발을 일으키는 방식이었다.

하기 어려워서 그렇지 실제 가능만 하다면 꽤나 효율적이기도 했다.

작은 힘으로 큰 힘을 폭발로 상쇄시킬 수도 있으니까.

“날아간다!”

“더! 확실히 해!”

정우혁의 공격에 계속해서 이능력을 쏘아 올릴 때까지만 하더라도 그들은 자신만만했다.

하지만 그들의 공격이 정우혁의 공격에 전부 작렬하는 그 순간.

환상은 깨어졌다.

와득—

단 한 번의 소리. 그 소리가 끝이었다.

그들이 날린 모든 공격. 화염, 번개, 무형의 바람마저도 전부!

“어?”

“먹혀?”

왜곡된 공간의 안으로 사라져 버렸다.

블랙홀이 빛을 흡수하듯, 그대로 들어가 버렸다. 폭발 따위 일어나지도 않았다.

그저 사라졌을 뿐이다. 공격에 아무런 타격을 입히지 못했다.

너무 어이가 없는 상황이어서, 상황 인식이 잘 안 된 걸까.

"뭐해! 막으라고 하잖아!"

"더 힘을 써! 한계가 있겠지! 먹다 보면 터질 거다!"

계속해서 야금야금 다가오는 정우혁의 공격을 막으라 소리치는 자도 더러 있었다.

제대로 막지 않아 그렇다고 생각한 듯, 그도 아니면 정말 한계가 있을 거라 여기는 듯 재촉을 했다.

우우우웅—

그 말을 믿고 계속해서 이능력을 날리지만.

와득— 와드득—

결국 먹혀 버린다.

쓸데없는 반항이라는 듯, 정우혁이 날린 왜곡된 공간은 고고하게 날아들 뿐이었다.

"안 막아진다고!"

누군가 소리치듯 외친다. 그게 마지막이 될 줄을 그가 알았으랴.

몸을 부르르 떨면서 공간을 유지하던 정우혁이 쫙—하고 손을 펴며 외쳤다.

"……먹어라!"

와드득—

그가 손을 편 것이 신호. 바로 반응이 왔다. 공간이 공간을 잡아먹는다.

작은 줄 알았던 왜곡된 공간이 순식간에 부피를 늘린다. 커졌다. 아니, 거대해졌다.

그리곤 그대로.

와드드득—

그 공간을 잡아먹었다. 아니 삭제됐다.

정우혁의 신호에 안 그래도 거대해졌던 왜곡된 공간이 그 주변을 전부 먹고 사라졌다.

파앗—

마지막 빛을 남기고 사라진 그 자리에 남은 것은 전무(全無)!

화려한 이능력을 피어 올리던 딜러도. 두툼한 갑주를 걸친 탱커도. 치유를 준비하던 치유계도 전부 사라져 있었다.

어딘가로. 아니 알 수 없는 곳으로!

그들이 디디고 서 있던 땅마저도 거대한 괴수의 입에 한 움큼 먹혀버린 듯 그대로 흙을 드러내고 있었다.

흔적 자체가 없었다. 새로 생겨난 흙바닥. 그뿐이었다.

폭발과 같은 것들도 전부 없었다.

그 한 번의 공격에 달려들던 이들의 절반이 그대로 사라져 버렸다.

*　　*　　*

너무 놀라면 상황 인식도 안 된다고 하던가.

"뭐, 뭐야!"

"이게 무슨……."

모두가 놀라 멍한 표정을 짓는다.

당당하게 왔던 이들이다. 동쪽에서 김기환이 묶여 있는 동안 이곳을 치면 되는 쉬운 일이라고 여겼다.

남쪽을 먹고, 김기환의 본부를 치게 되면 다 끝날 그런 일이라 여겼다.

동쪽에 있는 이들을 불쌍하다고 여겼을 정도다. 괴물인 김기환을 상대해야 하니까.

자신들은 운이 좋은 거라 여겼다.

이 정도나 많은 인원이 함께 올 필요가 없을 거라 생각했다. 사람이 많은 만큼 공을 나눠 먹어야 할 테니까.

윗선에서 약속한 보상이라고 하는 건 꽤 컸고, 그걸 나눠

먹기엔 아깝다고 여유까지 부렸을 정도다.

그런데 전부가 사라졌다.

여유도. 장비도. 이능력도. 그걸 사용할 사람도! 전부!

누군가 중얼거렸다.

"……재앙."

재앙이라고. 그들이 생각할 수도 없는 어떤 일이 일어났다고.

또다시 누군가 외쳤다.

"도, 도망을……."

도망쳐야 한다고. 그들은 뒷걸음질을 치기 시작했다. 김기환 말고도 다른 괴물까지 상대할 자신이 없었다.

아니 차라리 김기환은 목숨이나마 남겨주지만, 이건 공간 자체가 사라졌지 않는가. 삭제된 자들이 어디로 갔을지는 상상도 가지 않는다.

아까 그들이 보았던 공간은 살 수 없는 공간이었다.

빛과 어둠. 원소만으로 이뤄진 공간으로 들어간 자가 과연 살아 있을 거라 누가 생각을 하랴.

이건 두려움이었다. 더 상대할 수 없는 어떤 미지에 대한 두려움.

다들 도망을 치기 시작했다.

"멈춰! 멈추라고!"

"멈추지 않으면 이쪽이 죽는다!"

수뇌들이 검을 빼어든다. 이능력을 뿜어내고 기세를 돋운다. 더는 도망치지 못하도록 막으려 한다. 하지만.

"어차피 죽어!"

"시발! 말이 되는 걸 상대하라고 해야지!"

이미 이성을 잃었다.

"저쪽도 힘이 빠졌다고! 물러나지 마!"

한 바탕 큰 힘을 사용한, 정우혁이 쓰러지듯 주저앉았다는 사실은 먹혀들지 않았다.

이성적으로 보면 큰 힘을 사용하고 지친 정우혁이 더 큰 힘을 사용하기에는 무리인데도!

이미 공포에 잠식이 됐다.

조금만 더 생각했으면 유추가 가능함에도, 그들은 그저 뒷걸음치고 도망치는 것밖에 몰랐다.

"으아아아!"

미친 듯이, 처음 김기환의 괴력에 놀랐듯이 새로운 자의 출현에 다들 놀라 나자빠져 도망을 친다.

* * *

그런 그들을.

"후……."

정우혁이 가만 바라본다. 멍한 눈빛으로.

"괜찮소?"

"……안 괜찮아."

더 공격이 들어왔다면 그로서도 무리였을지도 몰랐다. 적 전력의 반 정도를 순식간에 삭제하는 건 그로서도 쉬운 일은 아니었다.

공간을 다룬 그라지만, 강한 이능력자일수록 공간에 대한 저항력이 높았다. 일종의 페널티다.

그런 페널티를 안고서 기백이 넘는 인원을 이동시켜 버리는 데 성공했다.

어디로 갔냐고? 알 수 있을 리가. 보내버린 정우혁조차도 모른다.

그저 왜곡된 곳으로 보냈을 뿐이다.

김기환이야 다른 이의 목숨을 꽤나 아껴줄지 모르지만, 그는 아니었으니까. 아무런 거리낌 없이 보냈다.

죽었을 수도, 모두 살아 있을 수도 있다.

중요한 건 이들이 다시 전장에 모습을 드러내기는 어렵다는 것이다.

'그래도 잘했다.'

단 한 방에 이들을 물리쳤다는 것에 잠시 작은 만족은 해도 될 정도이지 않은가.

"……저것들 또 오긴 할 거요. 알잖수, 대장?"

"그러겠지. 반쯤 먹혔다고 물러날까. 저게 반도 못 될 텐데."

"선봉대 정도나 되겠지. 그러니…… 무리나 마쇼."

"그쪽이 잘해준다면."

"쳇……."

그의 수하의 말대로 얼마 뒤 새로운 자들이 몰려들겠지만, 당장은 충분하지 않겠는가.

'당장은…….'

그리 생각을 했었는데.

"정우혁!"

"음?"

그를 부르는 이가 있었다.

적들은 단순하지만은 않았다.

* * *

동쪽에 김기환. 남쪽에 정우혁. 남은 건 북과 서. 바다가 인접한 서쪽은 배라도 동원하지 않는 한 쳐들어오기 힘들다.

바다에도 몬스터가 날뛰기에 거대한 배를 쉽게 움직이는 건 완전히 무리.

그나마 항로가 완전히 사라진 건 아니어서 이리저리 이동을 할 수는 있다지만, 새로운 항로를 개척하는 건 완전히 무리다.

혹시 모른다.

작게 이어진 육로를 이용해서 길게 돌아오면 서쪽에 오는 건 가능할지도 모른다.

어쨌거나 김기환의 방벽 옆이 바로 바다는 아니니까.

대규모가 아닌 소수는 움직이는 것이 가능하다는 소리다. 허나 소수가 와서 뭣하랴. 김기환 같은 괴물이 아니고서야 방벽을 뚫기는 힘들다.

그렇기에 서쪽의 영역은 전투를 벌이는 와중에서도 한가로웠다.

최소라 할 수 있는 경비만이 있었다. 그조차도 길드에서 들어 온 신입이거나, 아이들 중에서 뽑혀 있는 예비들이었다.

한참 두런두런 이야기를 나누면서 있던 와중. 이들 중 하나가 뭔가 이상한 것을 발견했다.

조용하기만 해야 하는데, 꿈틀거리는 것이 보였다.

"저거 누구지?"

"몬스터 아냐?"

"……아니. 사람인데."

"오늘 들어올 사람 있어!?"

"없지!"

뭔가 이상함을 느꼈다.

"알리자!"

"확실히 확인해야 하는 거 아냐?"

"아니 확인은 무…… 어!?"

이런 식의 요령은 배웠다. 어디까지나 이론. 실제로 어찌 해야 할지 몰라 다급하기만 했다. 다들 경험이 부족했다.

하지만 그들의 말이 끝나기도 전. 굳이 확인을 할 필요도 없이 새롭게 모습을 드러낸 이들이 이능력을 펼치기 시작했다.

"저…… 저거…… 대체!"

"움직여! 어서!"

서쪽. 바다가 가까이 있을 곳에 문제가 발생했다.

* * *

"물량전은 물량전다워야겠지."

화아아아악—

모습을 드러낸 이들은 다섯. 그 모두가 사용하는 이능력은 비슷한 빛을 띠었다.

얼굴마저도 모두 비슷했다. 마치 쌍둥이처럼.

그들이 사용하는 이능력은 빛처럼 퍼져 나갔다.

퍼져 나간 빛은 그대로 땅으로 스며들어 갔다. 마치 축복이라도 내린 광경 같았다.

"흐음……."

"더 합니까?"

"오늘은 확실히 무리하는 게 좋겠지. 언데드 마스터란 작자에게 한 수 보여주는 것도 좋고."

"그렇다면야……."

목소리조차 비슷했다.

소리만 들어선 한 사람이 중얼거리는 듯 들렸지만, 그들끼리는 구분하는 방식이 있는 듯 대화가 매끄럽게 이어져 나갔다.

우우우우웅—

대화가 끝나고 다시 집중. 전과 같은 빛이 더 스며들어 간다.

이능력을 머금은 대지는 곧 빛이 된 듯 하얀색으로 물들어갔다. 대지가 곧 빛이 된 듯했다.

땅 밑에 오오라라도 핀 듯한 장면.

그 빛이 절정에 이르러 갔을 때.

"일어나라……."

다섯의 중심에 섰던 자가 선언하듯 외쳤다.

부르르르—

땅이 흔들린다. 퍼져나간 빛이 꿈틀대기 시작한다. 그 모든 것이 끝에 이른 순간.

—……그륵.

대지가 일어섰다.

*　　*　　*

"……골렘 마스터."

누군가 중얼거린다.

무생물 골렘. 그 골렘을 조종하는 자. 일인으로서 군대를 이끌며, 일인 길드로 불리는 자.

그자가 방벽의 서쪽에 왔다.

그의 명을 받아 일어선 대지는 끝이 없었다.

불쑥불쑥 솟구쳐 일어나는 대지는 기묘했다. 정해진 모양도 없이 꿈틀댈 뿐이었다.

슬라임처럼 스르르 움직이는 개체도 있었고.

인간형의 것을 한 존재도 있었다. 개중에는 오우거를 넘고도 남을 만한 크기를 자랑하는 놈도 있었다.

—그어어……

—그어……

무생물이 생물처럼 움직이는 그 기묘한 광경이란!

"……어, 어떻게."

보는 이들로 하여금 본능적으로 공포라는 것을 불러일으켰다.

"전진."

그 공포가 그들을 일으킨 자의 명에 따라 전진하기 시작했다.

* * *

서쪽을 지키는 자들은 초보다. 실전 경험은 거의 없다시피 했다. 그래도 교육은 잘된 건지, 개중에 경험이 가장 많은 자가 소리쳤다.

"떨지 마! ……시바. 지켜야지! 지켜야 할 거 아냐! 여기가 집인데!"

"아!"

일종의 절규였다.

몇몇은 남과 동으로 떠나고, 남은 자들은 몇 되지도 않는 상황.

하지만 그들은 자신들이 해야 할 일이 뭔지를 알았다.

'지켜야 한다.'

그들에게 전진해 오는 저들.

그것이 골렘이든 그 이상의 무엇이든 간에 이들은 이곳을 지켜야 했다.

막아야 했다. 지켜야 했다.

이곳은 처음으로 그들에게 그들이 있을 자리를 만들어 줄 곳이니까.

떠돌던 아이들을 받아준 곳이며, 부족한 헌터라고 하더라도 책임져 준 첫 길드니까.

그걸 알기에 절규가 먹혔다. 진심이 전해졌다.

아직 앳된 표정이 남아 있는 이들의 떨림이 잦아들었다. 눈에 의지가 깃들었다. 긴장은 바짝 했지만, 공포에 이성을 잃지는 않았다.

누군가 말했다.

"……이능력 일으켜."

화아아아악—

얼마 되지 않는 수지만 이능력을 일으키기 시작한다.

분명 힘은 약했다. 하지만 그 수는 점점 커져 갔다.

"……."

"……."

말없이 온 아이들.

본부를 지키고 있던 아이들. 아니, 여태까지 보호를 받던 아이들. 신규 길드원. 그 모든 자들이 비상 신호가 울리자마자 달려왔다.

합류를 하자마자 바로 이능력을 사용했다.

무얼 해야 할지를 본능적으로 알았다.

어쩌면 지켜야 한다고 말하던 누군가의 절규를 들은 걸지도 몰랐다.

고오오오오—

작은 힘들이 뭉친다. 마치 작은 촛불이 뭉쳐 큰 힘을 일으키는 것처럼.

작은 힘이 모여 거대한 힘을 만들어 낸다. 한 사람, 한 사람은 부족하지만 모였기에 강한 힘이 된다.

그렇다 해도.

'……부족할지도 모르지.'

괴물들. 왕. 마스터라는 몇 안 되는 별명을 지닌 자에 비하면 역부족일지도 몰랐다.

—그어어어……

방벽보다 더 높은 거체를 자랑하며 달려드는 골렘 하나에도 이들의 힘 전부가 무너질지도 몰랐다.

하지만 도망친 자는 없었다.

덜덜 떨리는 몸, 도망치려 하는 본능을 억누르고 자리를 지키고 선다.

"막자. 올 때까지 막아야지."

파악—

끌어 올린 이능력을 날리기 시작한다. 되든 안 되는 모든 것을 끌어 올려서!

콰아아앙! 쾅!

폭음이 인다. 골렘의 거체에 부딪친다. 폭발에 골렘의 거대한 거체가 푹푹 패인다.

하지만 금방 수복이 된다.

끄떡없다는 듯 그저 전진을 지속할 뿐이었다.

그럼에도 이들은 포기하지 않았다.

"계속해!"

"땅이라도 파버려!"

어떻게든 수를 냈다. 끊임없이 막기 위해 분투했다.

*　　*　　*

"허억…… 헉……."

채인주. 자라난의 딜러로, 꽤 날쌘 몸을 가지고 있는 그는 미친 듯이 동쪽으로 뛰어갔다.

서에서 동으로. 방벽을 그대로 가로지르는 것이 쉬울 리가 없지만 이능력까지 불러일으켜 어떻게든 해냈다.

가서 도착한 그곳에는.

"……아."

그로서는 입이 다물어지지 않을 진풍경이 만들어지고 있었다.

단둘.

언데드 마스터. 리치. 죽은 자의 왕. 별의별 이름으로 불리는 자와 김기환.

그 둘이 군대를 만들고, 군세를 부리는 장면은 이제 막 이능력을 각성한 채인주로서는 경이일 수밖에 없었다.

아주 잠시지만 다급한 지금 상황을 잊을 정도였다.

놀란 그에게 외침이 들려왔다.

"무슨 일이야!"

이호준. 방벽을 지었고, 지금에 이르러선 방벽을 보수하는 데 열을 올리는 그의 외침이었다.

"그, 그게! 적이 쳐들어왔습니다! 적이!"

"어디에!"

"서쪽에요! 땅이 일어선다고요!"

"……뭐라고?"

"땅이 선다고요! 땅이! 빛이 머금어지고, 그 뒤에 땅이 일어나는……."

정신을 차린 채인주는 급하게 설명을 시작했다.

그의 말을 들은 이호준의 표정이 대번에 굳어진다. 무언가 결심한 게 있다는 듯 본부가 있는 쪽을 바라본다.

그러곤 채인주에게 다시금 명령을 내린다.

"너는…… 남쪽으로 가봐라. 그곳에서라도 지원을 요청해."

"큽…… 네!"

숨이 차오른 지 오래. 이능력은 거의 다 소모된 지 오래지만, 채인주는 내빼지 않았다.

되레 자신이 할 일이 더 있다는 것에 기꺼워했다.

그나마 지원군이 있을 수 있는 남쪽. 정우혁이 있는 곳으로 채인주가 먼저 달려간다.

그런 채인주의 뒷모습을 이호준이 잠시 일견한다.

그 뒤 바로 앞의 김기환과 죽은 자의 왕을 바라본다.

"여유는…… 전혀 없군."

그 둘은 분명 잘해 주고 있었다.

둘로서 수천이 되는 자들을 막고, 증폭포를 상대하는 건 압도적인 힘이 없고서야 불가능한 일이다.

그들은 군단을 상대로 싸워주고 있다. 하지만 여유는 없었다.

계속해서 개떼처럼 물밀 듯이 적이 몰려오는 이 상황에서 둘 중 하나가 빠진다?

'무리일지도…….'

힘들 수밖에 없다.

김기환이 아직 모든 힘을 내보인 것은 아닌 듯하나, 아직 육욕의 왕은 오지도 않았다.

그 전에 가진 수를 다 내보일 수도 없는 일이다.

결국 그들이 나설 방법은 없다. 나설 수 있는 자가 나서야 했다.

'……욕 좀 먹겠지만 어쩔 수 없지.'

얼마 뒤. 그가 자신의 사람들을 이끌고 본부를 향해서 뛰었다.

*　　*　　*

퍼어억— 그그긍.

방벽이 조금씩 부스러진다. 특수한 처리를 비롯하여 장

인들이 별의별 짓을 다 해놨기에 강화가 돼 있어 망정이지, 보통의 시멘트 덩어리였다면 진즉 무너졌을 거다.

그 위에서 위태롭게 이능력을 날려대고 있었다.

“아악!”

부상자도 다수였다.

골렘의 팔에 스치기라도 하면 온몸이 으스러지는 건 어려운 일도 아니었다.

그때마다 치유계가 나서기는 했지만, 그조차도 점차 한계가 오고 있었다.

이능력은 떨어져 가는데 부상자는 쉼 없이 생긴다.

악으로 깡으로 버티지만, 더 이상 수가 없었다.

그들이 자랑하던 협동도, 조화된 기술도 조합시킬 시간이 있어야 가능한 일이었다.

이미 적이 밀려들기 시작하면 그 이상 수가 없었다.

“언제 오는 거야!”

“마, 막아!”

“크윽…….”

곳곳에서 당하는 자들이 보인다.

희망이 없는 듯 보였다. 당하는 자들만 보일 뿐, 그들이 부른 지원군은 보이지도 않았다.

‘……무너지는 건가!’

쿠웅! 쿵! 쿠웅!

계속되는 골렘들의 부딪침. 부스러져 가는 방벽.

그들의 보금자리, 그곳이 무너져 가나 싶은 그 순간.

"비켜! 비키라고!"

"뒤로 빠져라!"

걸쭉한 목소리들이 들려온다. 익숙하지만, 이런 곳에서 볼 것이라고는 생각지도 못한 인물들이 보인다.

이호준. 그와 공사를 하는 자들. 그리고.

"헹…… 하여간에 이놈들은 우리 없으면 어쩌려고 그러나?"

"원래 젊은것들이 그렇지. 뭐 그래도 제법 잘 싸운다더만?"

"그래 봐야 이렇게 빈 곳이 술술 나오지 않나."

"쯧…… 오랜만에 이 몸을 이끌고 오는군."

김기환을 노예 취급하면서도, 복수를 당하기는커녕 되레 더 부려먹으려고 악착같이 구는 자들이 있었다.

장인. 한철을 필두로 한 모든 장인들이 주렁주렁 자신들의 것을 들고 왔다.

공간 장치는 기본. 뭔지도 모를 기괴한 장치에 작품을 만들 때나 쓸 법한 기구를 들고 온 자들도 있었다.

쿠웅. 쿵.

골렘들은 계속해서 벽을 쳐대고, 길드원들을 공격하는데도 그들은 자기 페이스를 유지하고 있었다.

여유가 넘쳤다.

"흘…… 각자 자리나 잡아. 아니, 그 전에 저것부터 부숴야겠는데?"

"호오. 골렘이잖아? 조잡한데?"

"이능력을 강제로 부어서 만든 거네. 그래도 효율은 좋아."

"흐음……."

너무도 넘쳐나서 눈앞에 보이는 골렘들을 가지고 품평을 하고 있을 정도.

'이 무슨…….'

지원군이라고 장인들이 왔는데, 이건 마치 소풍이라도 나온 분위기이지 않은가.

지켜보던 어린 길드원으로서도 뭔가 이상하다 싶을 정도였다.

자신들로서는 목숨 걸고 지키는 방벽이었다. 본부에 적들이 쳐들어오지 않게 하기 위해서 모든 걸 걸었다.

그런데 마실이라도 나온 분위기라니. 어울리지도 않았

다. 어이가 없었다.

하지만 그 어이없음은 금방 깨져버렸다.

"준비하자고."

"저거 남는 재료는 내가 갖는다."

"욕심하고는!"

되지도 않는 이야기를 하면서도 그들은 투닥이며 무언가를 꺼내 들었다. 가장 먼저 꺼내어 든 건 한철이었다.

꽤나 궁시렁대면서도 그는.

"요즘 것들이 증폭포를 그따구로 쓴단 말이지. 고작해야 구형 주제에."

무언가를 조립해 냈다.

키가 퍽이나 작은 그가 들기에는 꽤나 큰, 그의 몸통만 한 무엇을 꺼내서는 골렘을 향해서 조준했다.

'포? 아니 이상한데……'

포라고 하기엔 그건 너무 기괴했다.

낮인데도 어둠을 뿜어대는 거대한 구멍이 있을 뿐. 무언가를 뿜어내기엔 거대하지도 않았다. 납작했다.

그저 구멍이 뚫린 거대하고 납작한 뭔가였다.

어두운 구멍에 한철은 큼지막한 정석을 들어 꼈다.

찰칵.

조각이 딱 맞춰진 듯 정석이 안착했다.

"됐다!"

만족스러운 듯, 전장 한가운데서 웃은 그는, 금방 골렘을 보며 또 표정을 바꿨다. 진지하게.

그리고 괴상한 물체를 고정했다.

화아아아악—

어두웠던 구멍에 거대한 빛이 뭉쳐든다.

"무, 무슨……."

모두가 집중을 할 만큼 어마어마한 힘의 유동이 만들어졌다.

모든 이의 시선이 쏠린 그 순간.

파앙—

공기 그 자체를 가르며 뭔가가 쏘아졌다. 골렘을 향해서!

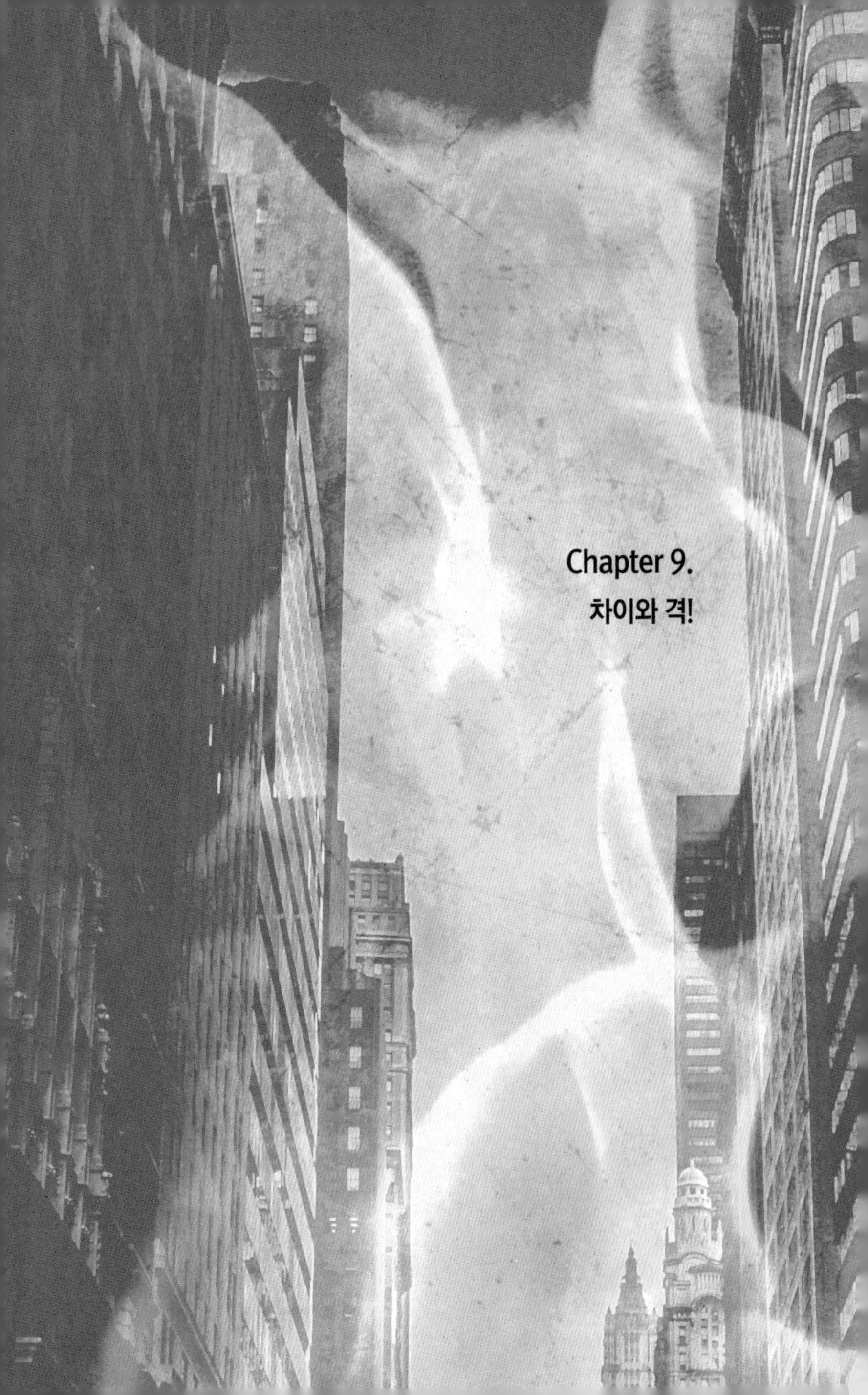

Chapter 9.

차이와 격!

파앙—

쏘아진다. 칠흑 같은 어둠 속에 거대한 빛이!

콰아아아앙—! 콰앙! 쾅!

그대로 작렬!

흙으로 이루어진 몸에 거대한 구멍이 뚫린다. 뚫린 구멍 사이로 보이지 않던 반대편이 보인다.

그 뒤로 있던 골렘의 몸에도 작렬해서 그대로 구멍을 뚫어버린다.

육체가 작은 편인 골렘은 온몸 전체가 날아가 버린다. 다리만이 남아서 골렘이 존재했었다는 것을 알려주었다.

순식간에 여러 골렘의 몸체가 구멍이 뚫리고 그대로 날아가 버렸다.

어마어마한 위력이다.

하지만 동시에 길드원들은 생각했다.

'소용없어.'

라고.

그들도 골렘의 몸체에 수없이 공격을 가했다. 몸에 구멍을 뚫지는 못했어도 퍽퍽 패이게 만들었던 건 수백 번도 더 된다.

가끔 가다 구멍을 내는 데 성공을 하는 경우도 있었다.

하지만 그뿐이었다. 애써 구멍을 내고, 몸체를 부숴댄다고 하더라도 골렘은 골렘이다.

핵이 파괴되지 않는 한 계속해서 몸이 수복되는 것이 골렘이기에, 놈들은 끝없이 재생을 해낸다.

거기다 이놈들은 어찌 된 일인지 핵이 어디 있는지도 알 길이 없다.

그래서 부수지를 못했다.

어지간한 이능력자보다 느리고, 파괴력도 약하며, 단지 거대한 덩치를 무기로 덤벼들거나 하는 단순한 놈들일 뿐인데도 부수지 못하기에 밀렸다.

공격이 먹히지 않는 탱커.

설사 먹힌다고 하더라도 금방 회복이 되는 탱커나 마찬가지인 셈이었다. 그런 골렘들이 군대에 버금가는 숫자로 밀려오기까지 하니 막을 방법이 없었다.

그렇지 않았더라면 아무리 길드원들이 경험 없는 자들이며 아이였다고 하더라도 이리 처참하게 밀리지는 않았을 거다.

그렇기에 소용없다 생각한 거다. 그렇기에 애써 품었던 희망을 버렸다.

증폭포니 최신이니 해도 소용이 없다고 여겼다. 결국 구멍만 뚫어냈을 뿐이라고.

쉽게 구멍을 뚫어낸 건 대단하기는 해도 그뿐이라 여겼는데.

—그어어어어!

—그……어.

무언가 이상하다.

어지간한 공격에도 괴성을 내지르지 않던 골렘이 괴성들을 내지른다.

동시에 놈들의 몸에서 흙색의 빛이 뿜어진다. 아주 진한 흙빛이었다. 저 흙빛이 사라지고 나면 놈들의 육체는 다시 돌아온다. 원래대로.

여태까지 봤던 광경이다.

그런데, 놈들이 아무리 흙색의 빛을 뿌린다고 하더라도.

"안 돌아와?"

"어?"

놈들의 가슴에 뚫린 구멍이 다시금 채워지지가 않는다. 몸이 수복되지 않는다.

몸체가 전부 날아가 다리만 남아 있던 놈들도 전부, 피가 흐르듯 흙색의 빛을 뿌리기만 할 뿐 몸체가 돌아올 줄을 몰랐다.

골렘.

무한한 회복. 무한한 탱킹. 그런 골렘의 무기가 증폭포 한 방에 사라졌다.

거대한 증폭포도 아닌, 고작해야 한철의 몸체만 한 증폭포에서 쏘아졌을 한 방일 뿐인데, 수십 마리가 빛에 쐬고 사라진다.

"이게…… 어떻게 된……."

"말도 안 돼……."

길드원들 모두 놀란 눈을 한다. 위력에 당황한다.

뛰어난 장인이라 해도 그래 봐야 장인이라 생각했던 한철. 그가 이 정도의 위력을 가진 것들을 만들 거라고는 생각도 못 했다는 듯이 모두가 놀란다.

—그어……

골렘들조차 놀란 듯 끊임없던 진격이 잠시 끊긴다.

골렘 마스터. 골렘을 창조하고 부리는 그들로서도 이번 일격은 생각지도 못한 일인 듯했다.

하기야 그들이 언제 이런 일이 있었겠는가.

어지간히 강력한 몬스터라고 하더라도 그들에게 있어서는 두려운 존재가 아니었다.

시간이 걸릴지언정, 무한한 회복을 하는 골렘을 이용해서 무너트리면 될 뿐이었다. 시간이 문제이지 다른 것은 문제가 되지 않았다.

그런데 이 광경은 뭔가.

순식간에 삭제가 돼버렸다. 고작해야 빛 한번에.

그러니 모두가 놀랄 수밖에 없었다. 모두의 시선이 집중된다.

모두의 그런 시선을 가만 음미하는 자가 있었다.

"킬킬……."

그 광경을 즐기듯 웃어젖히며 바라보는 한철이었다.

"놀랐냐?"

"……."

끄덕끄덕.

증폭포의 위력에 압도당한 아이들은 자신도 모르게 고개를 끄덕인다.

고작해야 무기 하나에 놀란다고 할 수도 있겠지만, 이건 상식을 뛰어넘는 위력이었다.

"이 몸이 지금이야…… 조약에 묶여서 이러고 있다만. 한때는 뭐라 불렸는지 아냐?"

"……예?"

모두의 머리에 물음표가 그려진다.

이 상황에 대체 무슨 이야기냐는 듯이, 당황을 하는 자도 있었다.

"쯧……."

그 분위기가 마음에 들지 않는다는 듯 한철은 작게 혀를 찬다.

'불 노예 놈이 있으면 장단 좀 맞춰줬을 건데 말이지. 뭐 상관없나.'

불만을 삼키고서는 멈췄던 몸을 움직이기 시작한다.

쯔와아아압—

그리고 자신의 특제 공간장치에서 수없이 많은 무기들을 꺼내기 시작했다.

한 번에 어마어마한 위력을 보였던 증폭포. 그와 비슷한 포신을 가진 것들. 거대한 검. 인공지능이 들어 있기라도 한 듯, 홀로 둥둥 떠다니는 다이아몬드 형태의 부유체까지.

작은 공간 장치에서 수도 없이 많은 것들이 쏟아져 나온다.

"……웨폰 마스터였다. 흐흐. 이제는 잊혀졌겠지만, 오랜만에 꺼내들어 보는 것도 좋겠지."

차아아아악—

"어?"

그가 손짓하자 무기들이 골렘들이 있는 곳을 가리킨다.

마법에 조종을 받기라도 하는 듯, 동화 속에 나오는 마법 주전자처럼 스스로 움직이기 시작한다.

찰칵—

포신은 스스로 장전이 된다.

우우웅—

인공지능이 담겨있을 것 같은 다이아몬드 모양의 거대한 부유체는 중앙에 감겨 있던 눈을 떴다.

—명령을……

그의 최종체. 병기. 그의 모든 것을 잃고서 만들었던 그 무기가 오랜만에 눈을 떠 명령을 기다린다.

오랜만에 본 그의 마스터. 한철에게.

오랜만에 맡아지는 전장의 향기. 적이 골렘이기에 피 냄새 하나 없지만, 전장을 뒹군 자만이 느낄 수 있는 그 특별한 향을 음미하며 한철이 명령한다.

"……적의 말살. 전쟁이 끝날 때까지 방벽의 방어."

—받들겠습니다.

우우우웅—

움직인다. 그의 병기들이. 기괴한 모양을 하고, 모든 것을 말살하기 위해서 만들어진 그것들이!

전장이, 칼과 이능력이 난무하며, 중세처럼 몸과 몸으로 부딪치던 전장이!

일변한다!

"부숴."

파아아아앙—

그가 만들어 둔 병기들에 의하여.

* * *

육욕의 왕.

그가 뽑은 자들은 결코 부족한 자들이 아니었다. 약하기만 한 자들이 아니었다.

김기환과 자라난. 그가 데리고 있는 자들, 그와 협력하는 자들이 괴물일 뿐이었다.

육욕의 왕을 모시는 보좌관들은 지금의 상황을 김기환과 자라난이 예상 이상의 힘을 보이는 것이라 여겼을 뿐이었다.

허나 아무리 그런 김기환이라고 하더라도 왕이 이겨낼 수 있을 거라 여겼다.

다만 그들이 애써 움직이고 있는 것은 왕이 오기 이전에 하나라도 성과를 내기 위함!

자신들이 모시는 왕이며, 동시에 포식자이기도 한 육욕의 왕에게 먹히지 않기 위함이었다.

해서 동서남북의 사방(四方)을 공격하려 했다.

골렘 마스터. 거대 길드와 증폭포. 침투.

그 모든 것들이 그런 보좌관들의 노력이었다.

북쪽 또한 마찬가지였다.

골렘 마스터같이 특별한 존재를 보내지는 못했지만, 그래도 꽤 대단한 자들을 보냈다.

이제는 얼마 남지 않은 자들. 정우혁이 배신자라고 말하는 자들을 이용해서 북쪽의 방벽에 새로운 공간을 열었다.

거대 길드원들을 모았다. 그것으로도 모자라 보좌관이라 할 수 있는 자들도 셋을 보냈다.

저들이 생각지도 못할 북쪽의 방벽부터 뚫어 자라난을 무너트리기 위한 거대하고 날카로운 쐐기였다.

그런데 그런 그들이 공간을 격하는 게이트를 뚫고 들어가서 본 것은.

"사람?"

그들의 눈앞을 가득 채울 거라 생각한 방벽이 아니었다.

그보다 가까이에 사람이 있었다.

갑옷도 걸치지 않고, 손에 쥔 것이라고는 단 하나.

"검?"

수수하다 못해서 아무런 장식도 없는 매끄러운 검뿐. 특이한 것이라고는 다른 사람이라면 양손으로 쥐기도 힘들 것 같았던 거대한 검을 그는 한 손에 들고 있다는 것뿐이었다.

'……방어군인가!? 아니 그렇다고 하기엔…….'

처음에는 방벽을 지키는 방어군이라 생각했다.

하지만 그건 말이 안 됐다. 방어를 할 것이라면 방벽 안에 들어가 있어야지 왜 게이트 앞에 있단 말인가.

거기다 상황에 어울리지 않게 표정이 너무 침착하지 않은가.

방벽을 지키기 위한 자라난의 길드원이라면 게이트가 열리자마자 난리가 나야 했다. 말이 되지 않는다.

실제로.

"적이다! 게이트!"

"어서 알려! 여기도 왔다고! 동서남북 모두!"

사내의 뒤에 있는 방벽 위로 들리는 다급한 목소리를 들어봐라.

방어군이라면 당장 저렇게 놀라는 게 당연했다.

그렇기에 공간의 게이트를 넘어온 자들 중 선봉을 선, 육욕의 왕의 보좌관 중 하나는 생각했다.

'방해물.'

어떻게 흘러들어 온 건지는 몰라도, 영문도 모르는 헌터 중 하나가 흘러들어 온 거라고. 말도 안 되는 소리긴 하지만, 세상에 바보 같은 놈은 넘치고 넘치니, 하필 이런 시국에 서부 지역에 사냥을 온 멍청이일지도 모른다는 생각을 했다.

'병신이군.'

그렇지 않고서야 파티도 없이, 홀로 검을 들고 날뛸 생각은 못 할 거라 여겼으니까.

"비켜라."

보좌관은 당당히 외쳤다.

생각지도 못한 사람 하나에 잠시 당황했던 것이 생각나, 괜스레 기세도 잔뜩 끌어 올렸다. 이 정도라면 아무리 미친 놈이라고 하더라도 알아서 피할 거라 여겼다.

하지만 웬걸. 힘을 끌어 올리자 사내는 손에 쥔 검을 더 꽉 쥔다. 그리고 묻는다.

"……왕이 보낸 건가? 너희도?"

꽤 묵직한 목소리였다.

언제부터 왕이 이렇게 쉽게 불리게 됐나 싶기도 했다. 왕이란 말은 일반 헌터들 사이에서는 잘 불리지도 않던 호칭인데, 근래 들어 너무 쉬이 불리는 느낌이었다.

"그래. 그러니 꺼…… 억!"

샤아아악—

답을 마치기도 전! 뭔가 스쳐 지나갔다. 눈앞에 있는 놈은 그대로인데, 무언가 움직였다.

"아아악!"

그리고 그 순간.

퍼득. 퍼득.

자신의 오른팔이 그대로 땅에 떨어져 내렸다. 살아남아 있는 신경이 놀란 듯 팔이 퍼덕거린다.

"……그래. 제대로 찾아 왔군."

알 수 없는 말을 남기며 사내가 움직이기 시작했다.

*　　*　　*

'이 무, 무슨…….'

당황스러운 고통. 몇 년 만에 느끼는 고통이란 말인가.

왕의 보좌관으로서 아니, 그 이전에는 상급의 헌터로서 이름을 올렸던 그였다.

이부전.

탱커였고, 딜러였다. 반푼이라기엔 강했고, 덕분에 홀로 사냥터를 떠돌았었다.

전장의 야수 취급을 받던 게 오래전이다.

그때는 매일 죽이고 죽였다. 모든 몬스터를 죽이려 했다. 가족을 죽인 몬스터를 알 수 없으니 모든 몬스터를 죽고 죽이면 될 거라 여겼었다.

허나 소용없는 짓이었다.

허무한 정신을 차리고 보니 육욕의 왕이 그를 찾았다.

자신을 모시라 했다. 당당하게. 무슨 이유에서인지 몰라도 그 제안에 끌렸고, 결국 그의 보좌관이 되었다.

보좌관이 되고 사냥터를 전전하는 짓은 그만뒀다지만 그래도 그동안 해 왔던 게 있다.

훈련도 틈틈이 했고, 왕이 가지고 있는 '그곳'에서 끊임없이 성장을 해 왔다.

그런데 이게 무슨 꼴이란 말인가.

고작해야 팔이 날아간 것. 그것에 놀란 자신이 꼴사나울 정도다. 급습이었다지만 너무 어이없게 당했다.

파앗—

팔이 떨어진 자리에서 피가 쏟아진다. 아찔한 현기증이 날 만큼 많은 양이었다. 그래도 다시금 자세를 고쳐 선다.

오랜만에 빛을 보는 그의 애병을 꺼내 든다.

후우웅—

눈앞의 사내가 든 투박한 검 못지않게 거대한 중병기였다.

오랜만의 부름이 반갑다는 듯 크게 반짝인다.

새하얗디새하얗다. 마치 이준성의 것처럼.

"……재밌는 무기를 쓰는군?"

"하사받았지."

그 검을 바라보는 사내의 눈이 심상치 않다.

"하사라……. 그게 뭘로 벼려져 있는지는 아나?"

"알 바 아니다. 그저 사용하면 될 뿐."

"역시…… 네놈들은 항상 그런 식이겠지."

사내는. 처음 멍청하다 생각했던 그는 이 무기들에 대해서 알고 있는 듯했다.

'소문이 날 만도 하지…….'

사람을 죽이고, 몬스터를 녹여서 만든 병기라는 것 정도는 소문이 날 만하긴 했다. 그보다 더 자세한 뭔가는 아마 모를 거라 여겼다.

중요한 건 그런 게 아니었다.

후우우웅—

사내는 중병기를 다시 휘두르며 말했다.

"중요한 건 그런 게 아니지 않나?"

"그렇군."

사내. 그의 몸이 다시 쏘아져 나아간다.

*　　*　　*

회복을 받은 그가 다시 달려든다. 굉장한 기세!

하지만 그마저도 눈앞에 있는 사내의 표정을 바꾸지는 못했다.

'……역시나 허접한 몸놀림.'

사내가 보기에 이부전의 몸놀림은 비효율적이다. 최상의 효율을 보이지 못한다. 자신이 가진 힘도 전부 표현하지 못한다.

이능력의 수치를 가지고 상급이니 최상급이니.

왕이니 보좌관이니 개소리들을 해대지만, 아직까지 그의 앞을 막을 자는 보지 못했다.

힘을 얻고부터. 아니 자신이 가졌던 힘을 다시 쌓고부터 그래 왔다.

부족한 몸놀림. 격이 없는 힘. 낭비. 없는 효율.

'부족하다…….'

그런 것들 앞에서 열심히 이부전이 몸을 놀려봐야.

"크읏……."

치유계의 치유를 받고 애써 회복한 팔이 다시 날아갈 뿐이다.

'이번엔 양쪽 모두.'

스아악—

거기서 끝을 내지 않았다. 연이어 검을 휘두른다. 백정이 닭의 목을 잘라버리듯, 남은 한 팔이 퍽하고 날아간다.

"크아악!"

양팔이 단번에 날아간 건 견디지 못하겠는가.

이부전의 비명이 아로새겨진다. 탱커이자 딜러인 이부전. 상급헌터.

말은 좋지만 효율적이지 못한 그는 사내에게 있어 먹잇감밖에 안 된다는 걸 증명하는 장면이었다.

그의 뒤로.

"쳐!"

"저 새끼부터 족치라고!"

조폭이라도 된 듯, 떼거리로 게이트를 통과해대는 자들이 계속해서 사내에게 달려들기 시작한다.

사람을 상대라고 생각해서인지, 탱커고 딜러고 진형을 형성할 생각을 하지 않았다.

그저 되는대로 달려들 뿐이었다.

그게 죽는 꼴인지도 모르고.

'한 번에 하나.'

낭비는 하면 안 된다고 하지 않았나.

검을 든 사내는 수없이 많은 상대들의 실력을 가늠했다.

'아니 혹은 둘이라 해야 맞을까.'

어느 하나 제대로 된 자가 없다는 걸 바로 깨달았다. 일검도 제대로 받아내지 못할 자들이 수두룩했다.

그런 자들을 향해 땅을 박찬다.

"큿……."

푸우우우욱—

앞으로 몸을 움직이며 동시에 이부전의 가슴팍에 검을 꽂는 건 잊지 않는 사내였다.

*　　*　　*

피. 피. 피.

오로지 피만이 쏟아져 내려앉는다. 대지가 시뻘겋게 물

든다.

그 피를 쏟아낸 자들은 대지에 무릎을 꿇는다.

자라난. 그리고 김기환.

전쟁을 벌이는 와중에서도 죽이는 법이 없는 그들과는 다르게 눈앞의 사내는 검을 휘두름에 망설임이 없었다.

온몸에 특별한 빛이 흐르는 것도, 장비가 빼어난 것도 아니건만 그는 특별했다.

그가 휘두르는 검이 특히 특별했다.

잔잔하면서도 찬란하게 빛을 흘리는 검.

요사스럽고도 하얀 빛을 뿌리기 시작한 검이 휘둘러질 때면 사람 하나가 그대로 쓰러져 갔다.

한 번의 휘두름에 심장이 뽑히고.

다른 휘두름에 상체와 하체가 그대로 갈리고. 그 뒤의 휘두름에 순식간에 셋의 복부가 길게 가로로 찢어진다.

시산혈해(屍山血海).

시체는 산같이. 피는 바다와 같이.

그 말을 그대로 실행하겠다는 듯 사내는 끊임없이 검을 휘둘러 댔다.

"……크흣."

"괴, 괴물……."

남은 자들이 자신도 모르게 뒤로 물러난다. 겁에 질린 채였다.

상급의 헌터니 보좌관이니 하지만, 사내에게 그들은 아무것도 아니었다.

그는 보좌관들이 강력한 이능력을 제대로 발휘도 하기 이전에 심장에 검을 박아줬다.

제대로 실력을 보이기도 전에 거리를 좁히고 순식간에 검을 찔러버리니 제 실력을 보일 수 있는 자가 없었다.

'……망할…….'

차라리 게이트가 아니라 평지였더라면, 한 번에 여럿이 덤볐더라면 달랐을까?

이능력을 준비할 수 있는 시간이 있었다면 달랐을까 하는 생각이 그들의 머릿속에 박힌다.

한 번에 십수 명이 넘는 사람들이 쏟아지는 만큼 게이트가 좁디좁은 것은 아니었지만, 너무도 불리한 느낌이었다.

순차적으로 들어올 수밖에 없는 게이트는, 깔끔하고 표홀한 몸놀림으로 적을 상대하는 저 사내에게 너무 유리한 전장이었다.

게이트에서 앞으로 한 걸음 나아가려고 하면 기다리는 건 죽음뿐이었다.

그나마 검을 들지 않은 자.

공격하지 않는 자는 살려는 두지만, 조금이라도 힘을 사용하려고 하면 그대로 검을 박아 넣었다.

일검에 죽여댔다.

어디서 저런 자가 나온 걸까. 자라난의 전력이라고 할 수 있는 자들을 전부 파악했지만 저런 자는 몰랐다.

그때 누군가가 그를 알아봤다.

“저자가 이곳에 왜!”

오래전. 임무로 부산에까지 내려갔던 자였다. 절규하듯 외치는 그의 눈에는 두려움이 가득했다.

“……누군데.”

“이주…… 억!”

푸우우욱—

자신을 밝히고 싶지 않다는 걸까. 아니면 단지 운이 없어서?

그를 알아본 자의 가슴팍에 검이 그대로 꽂힌다.

사람은 죽이지 않는, 못내 약한 면이 있는 김기환과 다르게 그의 칼은 거침이 없었다.

몇 번이고 사람을 찔러 자신의 온몸이 붉게 변했는데도 그는 끊임없이 죽여 갔다.

그의 정체를 밝히려던 자 또한 그런 사내의 제물이 됐다.

그의 무감각한 눈빛이 옆에 살아남은 자와 마주친다.

"나, 나는…… 사, 살려……."

"……."

아무런 말도 하지 않은 채로, 사내는 다시금 자신에게 덤벼드는 자들을 향해서 움직이기 시작했다.

그가 그리는 핏빛은 아직 끝나지 않았다.

*　　*　　*

길드원들.

홀로 각성을 해버린 허웅을 필두로 자라난의 길드원들은 쉼 없이 방벽을 향해서 달려왔다.

―끼야아아악!

달려드는 몬스터는 처리하고, 혹시나 남아 있는 타부의 잔재조차도 전부 지워 가면서 그렇게 달려왔다.

"곧이다!"

어느 순간부터 높이 쌓여진 방벽이 보이기 시작했다.

보이는 것보다는 멀리 있는 것이 분명하니, 시간이 걸리기야 하겠지만 방벽이 보인다는 것으로도 힘이 됐다.

"가자! 어서!"

허웅의 재촉이 없었더라도, 길드원들은 힘을 내서 달렸

을 것이 분명하다.

어서 방벽에 도착해서, 김기환을 포함한 모두를 돕는다는 생각. 이제는 모두의 것이나 다름없는 길드를 지킨다는 생각.

그것들만이 가득했다.

그래서 미친 듯 뛰었지만, 어느 순간.

“어억!”

“이게 무슨…….”

길드원들 모두 발걸음이 절로 멈출 수밖에 없었다.

*　*　*

피가 낭자한 상태. 곳곳에 쓰러진 시체와 신음을 내뱉는 중상자들.

제 구실을 못 하게 돼버린 건지, 점멸되듯 반짝이는 게이트.

그 한가운데에서 온몸이 핏빛으로 물들어 있는 자가, 대지에 검을 박고서 서 있었다.

홀로. 고고하게.

모든 할 일을 끝낸 듯 숨을 고르고 서 있는 그는, 아직 열기가 식지 않은 듯 대지에 박힌 검의 손잡이를 꽉 쥐고 있는 채였다.

*　　*　　*

처음 그 광경을 본 길드원들로서는 놀랄 수밖에 없었다.

혹시 했지만,

'함락됐나?'

'진 거야?'

그들이 없던 사이 김기환이 방벽을 지키는 데 실패한 게 아닌가 싶은 생각이 들 정도였다.

하지만 아니었다.

길드원들 중에서 몇. 김기환과 함께 오랜 시간을 보낸 자들이 홀로 서 있는 사내를 알아봤다.

"……이준혁 아닙니까?"

"괴물 사제 자식?"

"……예."

"하……."

온몸이 피로 젖어 있기에 몰랐으나, 알아놓고 보니 조금씩 그의 얼굴이 기억나기 시작하는 허웅이었다.

"……."

"……."

그런 허웅의 눈과 이준혁의 눈이 마주친다.

그가 왜 하필 이곳에 있는 건지.

무슨 이유로 이곳에 왔는지. 어떻게 여기까지 왔는지는 지금 이 순간 아무것도 중요치 않았다.

그런 건 당장 티끌보다도 못했다.

그런 티끌보다도 허웅은 자신이 해야 할 일을 알았다.

"……잘 왔습니다."

"오랜만입니다."

이준혁. 그를 맞이해야 한다는 것 하나. 그 정도만 알면 충분했다. 당장은.

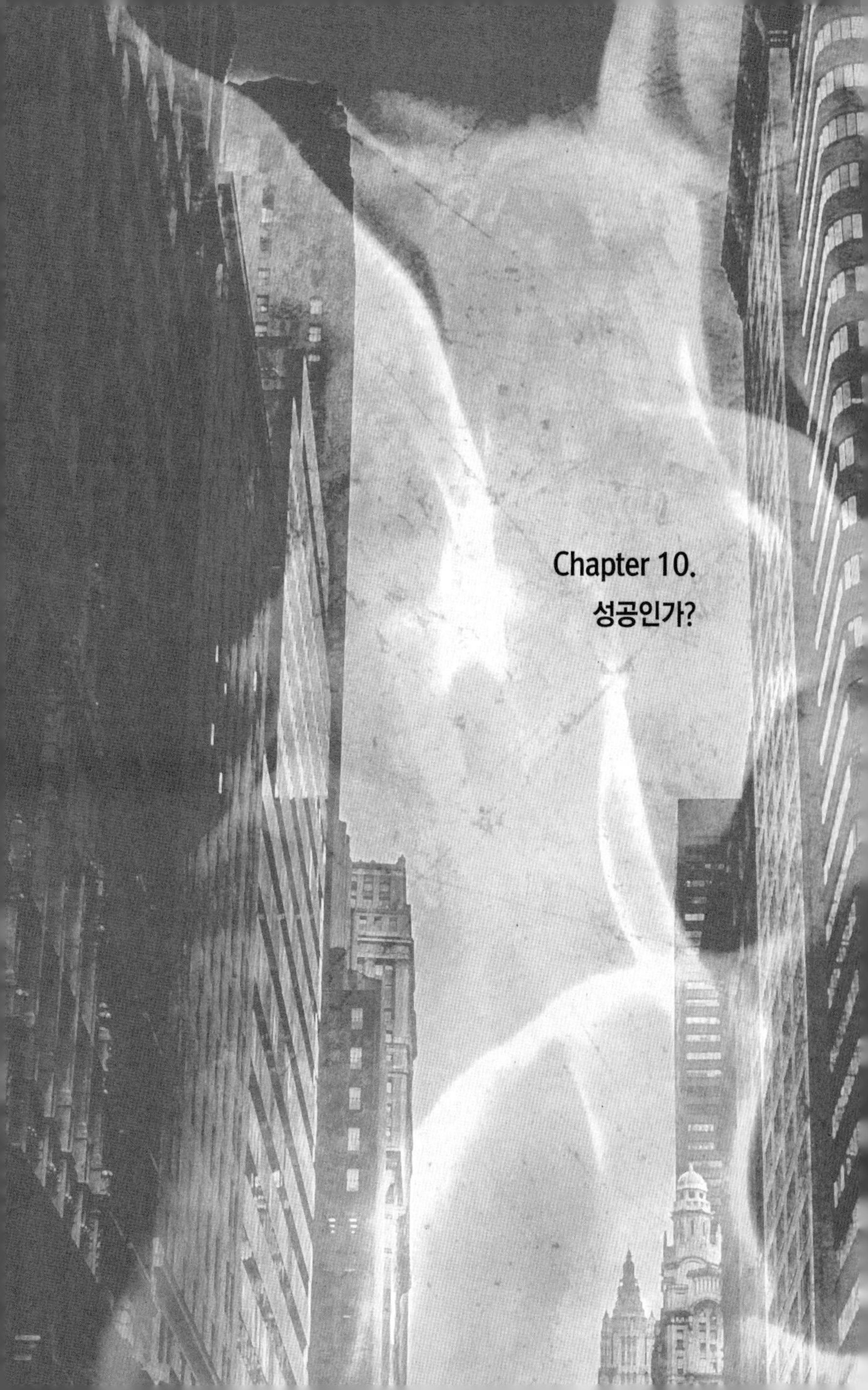

Chapter 10.
성공인가?

허웅은 그에게 뒤를 가리켰다. 방벽이 있는 방향이었다.

"가지요. 안으로요."

"그래야겠지요. 사형은 아직입니까?"

"동쪽에 있을 겁니다."

오는 동안. 사냥터를 벗어나고부터 긴밀히 연락을 취했던 허웅이다.

방벽의 상황 정도는 알았다. 그 때문에 길드원들을 재촉해가면서 달려 온 거다.

어떻게라도 한 손을 보태려고.

'막상 소용없었지.'

허나 소용이 없었다.

우습게도 그가 오기도 전에 정우혁이 나섰고 생각지도 못한 한철까지 과거의 기술을 꺼내 들어서는 다 처리를 했다는 소식을 들었다.

그래도 남은 한쪽은 자신이 맡을 거라 여겼는데, 이준혁 혼자서 일인 무쌍을 찍을 줄이야.

눈앞에 보이는 자들만 하더라도 수백이다.

이준혁의 기백에 미처 게이트를 통과하지 못한 자들도 있을 것을 감안하면 그 수는 더 많아진다.

그런 수를 상대로 홀로 이겨내다니.

'하여간에 괴물 천지야.'

자신 또한 각성을 통해서 한 걸음 더 나갔다지만, 아직도 부족한 느낌이었다.

왕이 될 자. 혹은 왕을 꿈꾸는 자. 그도 아니면 삶이 곧 왕이 된 자.

정우혁. 김기환. 이준혁.

이 셋은 확실히 괴물 중에서도 괴물이다.

감히 자신 또한 각성은 하게 되었지만, 아직은 이들에 비해서 훨씬 부족한 느낌이 드는 허웅이었다.

'그걸로도 좋아.'

그래도 나쁘진 않았다.

전에는 감히 이들에게 다가서지도 못할 느낌이었고, 김기환을 도울 생각도 못 했다. 그러나 각성을 한 지금은 적어도 도울 수 있다는 자신은 있었다.

그렇기에.

"어서 가야겠군요."

"당장 급할 건 없을 겁니다."

"흠…… 그렇기야 하겠죠. 그래도 가봅시다."

전보다 조금은 여유롭게 이준혁을 이끌어 들어가는 허웅이었다.

*　　*　　*

사방(四方). 동서남북을 모두 막는 데 성공했다.

꽤 그럴싸한 기술, 힘, 능력으로 자라난의 방벽은 방어에 성공하는 듯했다.

하지만 정작 막아야 할 것이 따로 있었다면 어떨까?

방벽에 왕의 군세가 도달하기 전에 먼저 움직였던 자가 있었다. 운이철.

자라난 길드에서 큰 전력을 차지하는 그가 움직여야만 했던 일이기도 했다.

지원군.

그동안 숨겨온 자들. 동맹을 맺은 자들. 뜻을 같이하는 자들. 그런 여러 인물들을 운이철이 데려와야 했다.

김기환이 움직인다면 가장 쉬웠겠지만, 그는 자라난 본부를 지켜야 할 상황이지 않았나. 그렇기에 운이철이 움직였을 뿐이었다.

기기묘묘한 계획을 짜내곤 하는 운이철답게, 그의 계산대로 상황은 흘러갔다.

쳐들어오는 자들은 김기환이 막고, 앞에서 수작질을 하는 자들은 여유 병력인 자라난 길드원들이 움직였다.

여기까지는 모두 계산하에 있었다. 문제는.

"이런 곳이라니……."

"처음 찾았을 때는 웬 횡재인가 했지. 그런데 아니란 말이지. 이해했나? 이준성 그 녀석에게 준 검도 여기서 얻은 거야."

"흠……."

철인이 찾았다는 장소.

그 장소가 문제였다.

왕이 보좌관 혹은 공을 세웠다는 자에게 주었다는 검.

김기환과 이준성이 게이트 안으로 들어가서 상대했던 검수들과 비슷했던 검이 출몰하는 던전이 생각보다 가까이에 있었다.

철인과 함께 운이철이 여러모로 왕의 눈을 피해서 빼돌렸던 자들. 그들이 머무르고 있는 본부 가까이에 그런 던전이 있을 줄이야.

이 본부 자체가.

'정우혁의 것이지.'

정우혁의 것. 그에게 듣기로 이곳은 무언가를 봉인하기 위해서 만들어진 곳이라 했다.

웬 봉인인가 하겠지만, 정우혁 가문이 사용하는 힘은 공간이지 않은가.

공간이란 기술 자체가 꽤나 개념적이기도 하지만 그만큼 강력한 힘이기도 했다.

그런 공간의 힘이라면 '봉인'과 같은 것도 해낼 수 있을 거라 여기긴 했다.

그런데 그 봉인된 개체가 육욕의 왕과 관련이 있을 수도 있다니?

그럼 왕이 어떤 다른 힘을 가지고 있을 수도 있다는 거 아닌가?

'어이없군. 그리고…….'

어쩌면 육욕의 왕의 힘이 운이철이 계산한 것 이상의 어떤 힘일 수도 있다는 의미였다.

그들이 상상하고, 상정했던 힘 이상의 힘을 육욕의 왕이 가졌다라?

'안 돼.'

상상만 해도 아찔하다.

안 그래도 최대, 최강의 적이라고 상정했던 왕의 힘이 상상 이상이라면. 그때는.

'……되레 먹힐 수도 있다.'

패배하는 쪽은 왕이 아니라 이쪽이 될 수도 있었다.

'어쩔 수 없나.'

그래서는 안 됐다. 질 거였으면 시작도 안 했다. 이겨야만 했다. 적을 치기 위해서는 적에 대해 알아야 하는 법.

"완전히 깨부수지는 못했다고 했죠? 이 던전."

"……그래. 특이하게 중간에 빠져나올 수 있어 빠져나왔지만, 그게 아니었더라면 죽었겠지. 아니 분명히 죽었을 거다."

천하의 철인. 갈수록 강력해져 가고 있는 그가 죽음을 말할 정도의 던전이라지만.

"끝까지 가 보죠."

"죽을 수도 있는데?"

"언제는 그런 거 따지고 움직였습니까. 우리가. 이미 목숨 걸고 움직이는 겁니다."

운이철의 눈은 굳게 빛나고 있었다.

"……하여간에 말은 잘하는군. 알겠네. 잠시 챙길 건 챙겨보지."

"같이 가는 겁니까? 이들을 이끌고 먼저 자라난으로 가주셔도 됩니다만?"

"네놈을 홀로 사지에 보내라고? 김기환 그 괴물이 잘도 좋아하겠군. 기다려. 어차피 여길 깨야 되는 건 알겠으니까."

그런 운이철을 철인이 따라간다.

덕분에.

"우리는 대기인가."

"어쩔 수 있나. 사정이 그래 보이는데. 기다려야지."

"흐음……."

자라난과 함께하기로 한 지원군들의 발이 묶였지만, 어쩌겠는가.

'여기가 중요해.'

일정이 조금 흐트러지더라도, 운이철이 늦은 덕분에 김기환의 방어가 힘들어진다고 하더라도 중요한 건 여기 있었다.

감이 말해 주고 있었다. 여기를 뚫어야 한다고.

"가지."

"그러죠."

우우웅—

빠르게 채비를 한 철인과 함께 운이철이 게이트를 통해 녹듯이 사라진다.

*　　*　　*

"검수……."

안으로 처음 들어가서 본 것은 검수들이었다. 김기환이 이준성과 상대했다고 하는 것들이다.

"나오는 게 전과는 다른데?"

"변환되는가 보군요."

다만 철인은 전과 다르다 했다. 그래도 선택권은 없었다. 더 안으로 들어가 본다.

*　　*　　*

이틀째.

검수들을 처리하고 들어가니, 이제는 환상이 기다렸다. 마치 구미호의 환상과도 같은 것들이었다.

"정신 차리죠?"

"큿…… 죽다 살아났군."

운이철의 꿰뚫는 눈이 없었더라면 힘들었을 거다. 그만큼 환상은 강했다.

삼 일째.

"여기부터 진짜야."

"그리 보이는군요."

—그르륵.

야수라 할 수 있는 자들이 보였다. 사람의 형상을 하고 있지만, 저걸 사람이라고 해야 할까.

어둠에 먹혀버린 자들이었다.

주어진 힘을 제대로 다루지 못하고 그대로 먹혀버린 게 분명한 자들이다.

철인은 단지 외모가 흉측해지는 부작용이 다였지만, 저들은 아예 먹혀버렸다.

'……언데드는 아냐.'

힘에 굴복되어 버리고, 그 힘에 의해 움직이는 자들이다. 어쩌면 육욕의 왕의 숨겨진 군세일지도 몰랐다.

말로 설명할 수는 없지만, 저들이 왕에게 숨겨진 힘이라는 거 하나만큼은 제대로 직감한 운이철이었다.

저들은 전부 처리해야 했다.

이곳에 들어오기 전 철인의 말대로 죽음을 각오해야 하

는 일일지도 몰랐다.

"……사람을 더 끌고 와야겠군요. 모두 처리해야 할 테니."

"역시 쉽지는 않아 보이지?"

"인정할 수밖에요."

운이철은 잠시 일 보 물러났다.

사 일째. 재정비하여 준비했던 모든 이들을 끌고 왔다.

"여기서부터 전쟁인 겁니다. 예정보다 빨라진 거지요."

"……빌어먹을 일이로군. 더 많아졌다고."

철인이 욕지기를 흘릴 만큼 그 숫자는 더욱 많아져 있었다.

대체 어디서 수급을 해내는 것인지는 몰라도 육욕의 왕의 군세는 계속해서 늘어났다.

시간이 지날수록 던전이 성장을 하는 느낌까지 들 정도다.

그래도 해내야 했다.

'핵이 있을 거다.'

저들 군세를 전부 죽이고, 패대기치고 나서야 나타날 핵. 그 핵을 부숴내야 했다.

그래야 승리를 향해 일 보 더 다가갈 수 있게 될 거다.

'아쉽긴 하군.'

이왕이면 김기환과 함께. 그가 애써 훈련시켜 놓았던 길드원들과 함께 첫 전투를 벌이고 싶었건만.

생각지도 못한 곳에서 전투를 진행하게 됐다.

그것도 운이철이라면 격한 반응을 보이는 철인을 동료로 두고서.

"어차피 상대해야 했을 겁니다. 왕을 고꾸라트리려면."

"그걸 누가 모르나. 다들 준비!"

처어어억—

그럼에도 철인 그는 믿음직한 동료기는 했다.

불만을 표할지언정, 자세를 취하고 적들을 오시하는 그의 눈은 굳건하기만 했으니까.

그런 그의 합에 맞춰.

"킥…… 놀아보자고."

"좋아. 좋아. 이놈들이 다 그 왕인지 뭔지 하는 새끼의 것들이라 이거지."

"……."

전투에 미쳐버린 자. 왕에게 원한을 가진 자. 사연을 가져 전투에 참여할 수밖에 없는 자들이 움직이기 시작한다.

정우혁이 방벽에 데려왔던 자들처럼 전부 제각각인 자들이었다. 다들 합을 맞춰본 적도 없는지라 어중이떠중이로 보이기도 한다.

그럼에도 이들은 정우혁의 군세들과 다른 점 하나는 분명히 있었다.

광기(光氣)!

모든 것을 죽이고, 자신도 죽겠다는 그런 광기가 눈에 모두 깃들어 있었다. 제각각이 가진 힘 그리고 사연이.

"……출진!"

그런 그들이 적어도 운이철의 말에는 바로 반응을 해준다.

그의 명령에.

"오케이! 가보자고!"

"킥킥."

모두가 검게 물들어 버린 적들을 향해서 망설임 없이 달려가기 시작한다.

콰즈즈즉―

부순다.

"죽어……."

후드드드득―

으깨버린다. 아작을 낸다. 토막을 내버린다. 회를 쳐버린다.

가지각색의 방식으로 순식간에 전투를 이끌어 나간다.

'……이쪽도 움직여볼까.'

그 대열에 운이철이 합류한다.

방벽 외. 생각지도 못한 곳. 그곳에서 아직까지도 방벽에 도달하지 못한 운이철이 전투를 벌이고 있었다.

그 누구보다 치열하게!

* * *

"당신! 주변을 좀 더 봐! 당신은 너무 눈치만 보지 말고!"

그는 끊임없이 손을 놀렸다.

'아직 모자라…….'

놀리면서도 주변을 살핀다. 전장을 본다. 적을 살피고, 아군을 살핀다.

아군이 주춤거리면, 더 주춤거리지 못하게 다그친다. 장기전이 될 상황에서 크게 힘을 소모하는 자는 더 날뛰지 못하도록 잠재운다.

"……으어억!"

"조심!"

죽을 자를 살린다. 위기에 빠진 자를 구한다. 숨이 벅찬 자에게 잠시 여유를 준다.

끊임없이 살펴가고, 전장을 이끌어간다.

보통이라면 자신의 한 몸 가누기도 힘들 전장에서 지휘하고, 날뛰고, 구하고. 적을 죽여 간다.

어쩌면 아무도 알아주지 않을 수 있는 전투지만, 그 누구보다 치열하게 진행해 간다.

"또 온다!"

"젠장……."

적들. 어둠에 잠식된 자들은 계속해서 끊임없이 몰려온다.

하지만.

"얼마 안 남았어! 조금 더 버텨!"

저들을 상대로 계속해서 전진해 왔다.

전에는 보이지도 않던 던전의 핵이 조금씩 모습을 드러냈다.

운이철을 포함한 자들이 다가오는 게 두려운 듯,

우우웅― 우웅―

계속해서 빛을 흩뿌림과 동시에, 지원군들을 불러 모으며 반항을 하지만 그뿐.

'얼마 남지 않았다.'

그의 계산대로라면 저 핵에 도달하는 건 금방이었다. 분명 계산대로라면!

*　*　*

희망을 가지고 전진해 나간다.

"크으아악!"

죽일 자는 죽인다. 운이철 측도 부상자가 나온다. 허나 전장에서 이 정도 부상자쯤은 감수해야 할 일이었다.

그나마 죽지 않은 게 다행이었다.

"뒤로 빠져!"

"……알았다고!"

수습을 하면서 핵에 점차 다가간 지 오래.

'이제 얼마 안 남았다!'

고작해야 몇 미터.

처음에 비해 얼마 남지도 않은 적들을 처치하면 저 핵을 깨부술 수 있다는 희망이 생겼다.

하지만 모든 일은 결국 계산대로만 돌아가지는 않는 걸까?

우우우우웅—

발광하던 핵이 점차 부유한다.

동시에.

"크아아아악!"

"아악!"

검은 무언가에 둘러싸여 있던 자들. 힘에 잡아먹힌 자들의 검은 힘을 부유한 핵이 흡수해 대기 시작했다.

"폭주!?"

"빌어먹을…… 하여간 쉬운 게 없지!"

핵에서 무언가 벌어지기 시작한다.

어둡기만 하던 힘이 엉키고 또 얽혀든다. 자신들끼리 옭아 매가며 모습을 형성해 낸다.

처음에는 연기처럼 흐트러져 있기만 하던 힘들이 하나의 형체를 유지해 간다.

이런 장면. 처음 보는 장면이 아니었다.

'……마지막 발악.'

마치 생명체처럼 핵도 발악하는 거다. 살기 위한 발악. 자신이 파괴당하기 이전 반항을 해대는 일은 결코 처음 있는 일이 아니었다.

—카아아……

모든 형상을 만들어 낸 핵이 거대한 무언가로 화했다.

터억. 턱.

남아 있던 자들. 자신들을 유지해 주던 힘마저 사라진 자들이 전부 쓰러져 간다.

남아 있는 적이라고는 저 거대한 형상 하나뿐.

'……새로운 개념의 몬스터인가.'

어떤 힘을 쓸까? 형상된 몸으로 날리는 공격은? 대체 어떻게 이뤄진 몬스터일까?

궁금한 것은 많다.

하지만 그런 의문들은 어차피 곧 해결될 일이다.

"저것만 죽이면 되는 거겠지?"

"그럴 겁니다. 그리곤 열리겠죠. 게이트라든가. 출구가."

"그래. 그럼 된 거지."

어차피 부딪치다 보면 알 게 될 일. 설사 다 알지 못한다고 하더라도 중요한 건 놈을 부수면 되는 것뿐이다.

그렇기에.

"먼저 가지요."

화아아악—

운이철은 남아 있는 힘을 끌어올려 내달렸다.

김기환에게로 다시 복귀하기까지. 시간이 조금은 더 걸릴 거라고 생각하며.

*　　*　　*

"아악!"

까득.

팔이 으깨져 버린 채로 넘어지는 자. 그자를 끝으로 김기환과 죽은 자의 왕이 맡고 있던 방벽의 적들이 전부 스러진다.

남아 있는 것들이라곤 전리품뿐.

"킥킥. 다 챙기자고! 챙겨! 아, 그래도 의뢰금은 따로 줘야 한다고?"

"……안 그래도 그럴 거니 걱정 마라."

전리품에 열을 올리는 검은 로브를 보고 있자면, 김기환으로서도 질릴 따름이긴 했다.

'나보다 더한 놈은 처음 보는 거 같은데…….'

지금까지 챙겨간 의뢰금, 앞으로 챙겨갈 것들 그리고 전리품들까지 더하면 한 사람의 헌터에게 주어지기에는 너무도 많은 것들이다.

사람 욕심이 끝이 없다고는 하지만 저 많은 걸 대체 어디에 쓰려고 하는 것인지 모를 노릇이다.

듣기로 무언가 사정이 있다고는 하는데, 역시 그 사정 또한 알 수가 없다.

“그래. 일단은 챙기기나 하자고. 어?”

전투의 끝. 그 뒤에 있을 수확의 상황에서 인기척들이 느껴졌다. 방벽에서부터였다.

“사형!”

“호오? 언제 온 거냐!”

“여기는 안 보입니까?”

이준혁과 정우혁이 차례대로 걸어오고 있었다.

‘우혁이 놈이야…….’

우혁. 그는 본부에 전투가 벌어질 때부터 와있었다. 그 뒤 방벽 한쪽을 방어하기로 한 것도 이미 약속된 상태.

그가 방벽을 처리하고 돌아오는 것은 이해가 갈 만한 상황이었다.

재밌는 건 허웅과 함께 들어오고 있는 이준혁이었다. 온몸에 피를 묻힌 주제에 잘도 환한 웃음을 짓고 있었다.

‘독하긴 해.’

전투가 아닌 평상시에는 꽤나 밝은 편인 이준혁이다.

허나 전투에만 들어서면 무슨 사연이라도 있는 듯 사람이 돌변한다. 무자비하고, 가장 깔끔하게 적을 처치해내는 게 이준혁이었다.

그래 봐야 전투만 끝나 있다면 문제가 없었다.

“자자, 다들 전리품 챙기는 거나 도와달라고. 아. 정우혁

너는 말고!"

"왜 저는 안 된다는 건데요?"

"빼돌릴까 봐 그렇지!"

"아니 그 무슨!"

적당히 농담이나 하면서, 숨을 고른다.

"어떻게 온 거냐?"

"위험하다 하니 왔죠. 사형 아닙니까."

"짜식…… 고맙다."

다들 한바탕 전투를 벌여 초췌한 와중에 이런저런 소리를 해대며 부족해진 힘을 보충해 간다.

정우혁이나 이준혁 모두 꽤 지쳐 보이는 상황.

오죽하면 검은 로브를 걸친 죽은 자의 왕도 처음에 비해서 힘이 쇠한 느낌이다.

그래도 그의 옆을 지키고 있는 언데드들을 보면 든든한 것도 사실이다.

김기환? 그야.

'문제없지.'

적의 이능력을 태우고 그걸 흡수해 갔다. 증폭포에 달린 장치들을 부숴서 힘을 흡수하기도 여러 번이다.

덕분에 힘이 조금 소모되기는 했어도, 되레 힘의 총량은 증가되어 있었다.

다만 정신적으로 좀 지쳤을 뿐이었다. 다른 이들보다는 상황이 낫다고 할 수 있는 상황.

그래도.

"오늘은 좀 쉬면서 말이……지. 어?"

피로는 피로. 오랜만에 온 사제와 여러 협력자들과 함께 며칠이고 이어졌던 전투의 작은 축배라도 올리려 했건만.

"……역시 노린 거군요. 저들."

"하……."

그의 계획은 무산되어 버리고 말았다. 저들은 김기환이 꺼내든 패들이 오기를 기다렸다는 듯이 다시금 몰려오고 있었다.

*　　*　　*

수없이 많은 숫자가 있었다. 거대 길드는 물론이고 왕이 부린다고 하는 자들까지 전부.

또한 지금까지 모습을 드러내지도 않던 자. 육욕의 왕.

그자도 가장 뒷열에서 모습을 드러내고 있었다. 그 더러운 기세를 줄기줄기 흩뿌리고 있는지라 모를 수가 없었다.

'생각 이상이다.'

역시 왕은 왕이라 이걸까.

가장 약체라고 취급받는 왕이었는데도, 그 기세가 상상 이상이었다.

주변으로 검은 오오라와 같은 것이 흩뿌려지는데, 절로 긴장이 될 정도다.

물론 그 모습을 보고서 어느샌가 방벽에 여러 가지 무기들을 들고 들어온 한철과 이송아 부부가.

"저 새끼 하여간에 똥 폼 잡는 건 여전하군."

"어머…… 그래도 자기는 멋있다고 생각할걸요?"

"개짓거리지."

꽤나 박한 평가를 해주기는 했지만, 왕을 위시해서 달려오고 있는 적의 본진은 결코 약해 보이지만은 않았다.

지금까지 상대했던 모든 힘을 통틀어 최대 최고의 적이었으며.

'어쩌면 마지막…….'

이 모든 일의 원인이자, 끝을 낼 수 있는 마지막 기회이기도 했다.

* * *

저들 또한 기세를 줄줄 흘리며 다가오는 것이 뜻은 명확해 보였다.

"끝을 보자는 거 같은데?"

"그렇겠지. 하……."

저들의 본진. 이쪽도 모든 자들이 동원되어 왔다.

'운이철…… 그 양반은 대체 왜 아직이야.'

물론 일부는 아직 없긴 하다. 거기다.

"끝도 없구만……."

"후……."

자라난으로서는 최대 전력이라고도 할 수 없는 상황이다.

저들은 미리 준비를 하고, 힘을 비축해서 왔지만 이쪽은 이미 며칠째 이어진 지지부진한 전투를 진행해 온 상황이다.

온전한 힘이 있다고 할 수는 없는 상황. 하지만 그럼에도 물러날 수는 없었다.

"언제 우리가 항상 최상의 상태로 싸웠나."

"그것도 그렇죠."

"그러니 준비하자고. 모두 준비!"

김기환의 거대한 외침에 동쪽의 방벽을 지키고 선 모든 이들이 다시금 일사불란하게 움직이기 시작한다.

"장비 챙겨!"

방벽에서는 한철을 위시한 자들. 급한 대로 한철의 병기들을 다루는 법을 배운 신입 길드원들이 손을 놀린다.

적이 몰고 오고 있는 병기들에 대항할 수 있는 병기들을 배치하며, 포신을 왕의 군세로 향한다.

길드원들 또한 가만있지만은 않았다.

"저들은 문부터 깨려고 들 거다. 그러니 다들 어찌 움직여야 할지는 알겠지?"

"옙!"

일부는 방벽의 위를 차지해서 지키고. 또 일부는 가장 약한 곳이라 할 수 있는 방벽의 문을 찾아 자리를 지키고 선다.

힘은 조금 빠졌을지언정, 모두 눈만은 형형하게 빛나는 상태로 기세를 가다듬는다.

그들이 지키려고 하는 방벽의 너머.

적들과 가장 먼저 마주하는 방벽의 아래에는.

"제대로 마무리해 보자고."

"얼마든지요."

김기환. 그가 중심에 서 있었다.

수없이 많은 자의 피를 머금고도 고고히 불타오르는 검을 꽉 쥐고서, 마주선 앞을 바라본다.

이준혁. 정우혁. 죽은 자의 왕. 그 모두가 그의 양옆에서 그를 지켜준다.

"가자."

그 상태 그대로, 모든 일의 끝이자 시작이 될 적들의 진격이 시작된다.

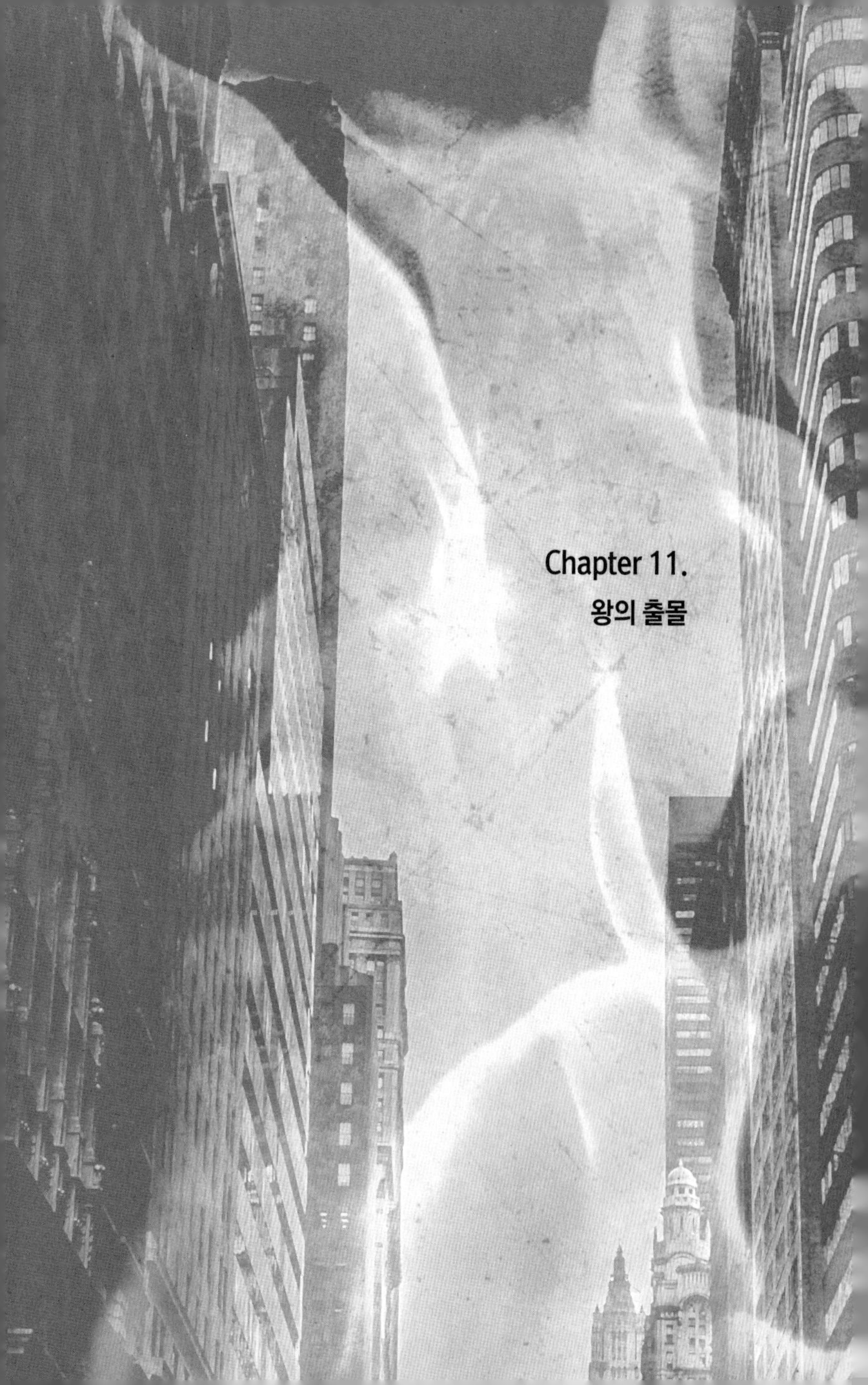

Chapter 11.

왕의 출몰

"내가 먼저 가지!"

죽은 자의 왕. 그가 지닌 힘의 원천인 마력은 떨어졌으나, 그가 만들어 낸 군세는 여전히 존재했다. 언데드.

그가 가장 먼저 나서서, 육욕의 왕이 가진 전열과 싸우는 것도 나쁘지는 않은 선택이다.

"좋지."

"그럼 간다."

화아아악—

로브의 힘을 이용해서 몸을 날리고,

쿠웅— 쿵.

언데드의 군세와 함께 침묵 어린 행진을 한다. 죽은 자가 움직이는 건 그 자체로 공포.

아무리 왕의 군세라 할지라도 조금은 주춤거리는 상황이 연출될 거라 생각했다.

하지만 검은 로브의 맞은편에 같이 떠오르는 자가 있었다.

"오랜만이지 않나?"

사람의 목소리와 다른 웅혼한 울림이었다. 전장 곳곳에 그의 한마디가 쏘아져 퍼졌다. 거룩한 무언가가 느껴지기까지 하는 신기한 목소리였다.

죽은 자의 왕은 경박함이 담겨 있다면, 저 안에는 무언가 다른 것이 담겨 있는 듯했다.

'……대체 뭐야?'

김기환으로서도 처음 느껴보는 힘이었다.

치유계라고 하기에는 너무 깊고 깊은 어떤 힘이었다. 더 맑고, 더 순수해 보였다. 적어도 단 하나만 제외하고.

'속이 시커먼데…….'

다른 이들이라면 모르겠지만, 김기환은 알 수 있었다. 겉으로 보면 찬란하기까지 한 그 힘 안에는 꽤나 더러운 기운이 숨겨져 있었다.

그리고 그건 죽은 자의 왕도 알고 있는 듯했다.

같이 공중에 뜬 채로 한 마디도 지지 않고 맞선다.

"또 가식 떨고 앉아 있네. 오늘은 얼마나 깨지고 돌아가려고 왔냐? 목숨 구걸하던 새꺄."

"……그때와는 다르다."

입술을 깨물고 말하듯, 마주 선 자의 말에서 독기가 느껴진다.

그럼에도 목소리는 웅혼하게 주변에 퍼지며 신성한 느낌을 주니 참으로 신기한 노릇이었다.

"네놈의 그 더러운 힘을 이 손으로……."

"퉷! 닥치고 오기나 해 새꺄. 한 번 더 털어줄 테니까."

"노오오옴!"

더 참지 못하겠다는 듯, 마주 서 있던 자의 몸이 공중에서 그대로 죽은 자의 왕을 향해서 쏘아져 온다.

동시에.

화아아아악—

그의 주변으로 날개가 돋아난다. 천사의 그것과도 같은 날개였다.

날개를 생성하는 것으로도 모자라 주변에 생성된 빛줄기는 순식간에 군세가 되었다.

빛으로 만들어진 군세는, 퍽이나 신성해 보였다.

날개를 달고 있는 자도 있었고, 사지가 멀쩡하게 달린 사람의 영혼 같은 자도 있었다.

다른 이형의 모습을 하고 있다고 하더라도, 그 형체만 보면 절대 징그러워 보이지는 않았다.

되려 징그러운 몬스터를 징벌하기 위해 태어난 존재와 같은 모습이었다.

허나 김기환이 느끼기엔.

"역시 더러워."

"사형도 느껴지는 거군요?"

"그래. 차라리 저 죽은 자의 왕이 낫겠는데. 쯥."

그 안에 내포되어 있는 더러움이 보였다.

죽은 자의 왕은 사기(死氣)를 숨기지 않고 드러낸다면, 놈은 그 더러운 사기를 숨기고 있을 뿐이었다.

겉으로는 신성해 보일지라도, 속은 죽은 자의 왕이 부리는 언데드보다도 더 썩어 문드러져 있는 상태였다.

속이 썩어버린 자와 모든 걸 드러낸 자.

그 둘이 부딪친다. 피를 끓게 하는 외침도. 커다란 기세도 없었다. 단지 침묵 속에 부딪칠 뿐이었다.

콰아아아앙—!

오로지 이어지는 것이라고는 폭음뿐.

하늘에서 쏘아지는 적의 군세와 그걸 상대하는 언데드의 군세는 신화에 나오는 빛과 어둠의 전투와도 같았다.

순식간에 전투 아니 전쟁과도 같은 광경이 그려졌고, 수없이 많은 충돌이 곳곳에서 일어나기 시작한다.

하늘에서는 더욱 장관이었다.

"뒤져라! 새꺄!"

"……너야말로."

화아아아악— 콰앙!

어두운 화살을 쉼 없이 날려대는 죽은 자의 왕. 그걸 찬란한 빛으로 막아내고 다시금 빛의 화살을 쏘아댄다.

둘의 충돌은 군세와 군세의 충돌을 뛰어넘는 무언가가 있었다.

* * *

둘의 공세는 계속됐다. 전장의 한편을 크게 차지하고도 남을 정도.

빛의 군세가 언데드의 창에 찔리면 다시금 빛으로 화하며 사라진다. 때때로 날아드는 빛의 화살에 언데드는 그대로 가루가 되어 날린다.

순식간에 군세가 한 움큼씩 사라지다가도.

따아악—

주문을 외워대면 사라졌던 군세가 다시금 몸을 일으킨

다. 빛이 뭉쳐져서 사라졌던 빛의 군세가 다시 태어난다.

서로가 먹고 먹힌다.

호기롭게 죽은 자의 왕이 나섰지만, 결국 막혀 버렸다.

그래도 왕이 데려왔을 군세의 일익이라도 담당하게 된 건 꽤나 큰 일이었다.

'나쁘지 않은 선택이었어.'

큰 대가를 치르고 그를 데리고 온 건 분명 나쁘지 않은 선택이었다.

"가죠."

"그래 해 보자고. 끝을 봐야지!"

남은 자들이 전진하기 시작한다.

* * *

왕의 목을 따기 위해서 전진을 하는 그 순간에도.

콰아아앙—! 콰앙—!

적의 증폭포의 포격이 계속된다.

새로운 걸 만들지는 못하고 개량은 한 건지, 전과는 다른 형태의 증폭포가 많았다. 위력 또한 나쁘지 않았다.

'우스운 새끼들.'

하지만 오리지널을 만들어 냈던 한철이 보기엔 애들 장

난이었을 따름.

모든 무기를 다루는 자. 만드는 자.

웨폰 마스터라고 불리며, 거대 레이드전을 전문으로 돌았던 그다.

특히 항로를 뚫을 당시 자신이 만든 무기들을 가지고 거대한 해양 레이드를 성공해 낸 것은 젊었을 적 그의 최대 업적!

전장에서 물러난 지 오래라지만, 그때의 격이 어디로 간 것은 아녔다.

그는 그 자체로 여전히 강했으며, 또한 전에도 그랬듯 사람을 다룰 줄을 알았다.

"여기도 보태 봐."

"알았다고! 오랜만인데. 이것도."

"너무 기분 내지 말고!"

"오냐!"

자신과 함께 온 장인들. 한때는 전장을 같이 뛰었던 자들을 독려해서 중간중간 퍼트린다.

그 사이사이에 자라난의 신입 길드원들과 아이들. 방벽을 지키기 위해서 목숨 걸고 한 손을 보탠 자들이 배치된다.

"쏴라! 쏴! 거기도 쏴!"

"옙!"

"여기는 안 뚫려! 걱정 말고 쏴 재껴!"

"으어어!"

"겁먹지 말고! 아까처럼! 쏴!"

전장이라는 실전에서 무기 다루는 법을 배운 덕분일까. 생각보다 높은 적중률을 보이며, 증폭포의 포격을 마주한다.

파아아앙—!

증폭포에서 쏘아진 빛끼리 부딪치며 폭발하는 장면은 꽤나 장관이라고 할 정도.

왕의 군세보다는 수가 적지만, 무기의 우월성을 가지고 한철 쪽은 꽤나 잘해 주고 있었다.

하지만 그로도 부족하다 여긴 걸까. 한철이 고군분투하며 움직이는 소장 이호준을 부른다.

"어이 이호준!"

"넵!"

군기가 바싹 든 이호준이었다.

방벽을 지을 때야 소장이었지만, 장인 한철 앞에서 끗발을 날리기엔 한철이 쌓아 놓은 업적과 경력이 남달랐다.

게다가 이런 일에 기회를 준 것도 한철이다.

선배이며 동시에 스승인 그에게 군기가 바짝 들어 있을

수밖에 없다!

"너 '그것' 설치했지?"

"……어디서 들으셨습니까?"

그것의 설치. 자라난에서도 딱 셋밖에 모르는 일이었다. 김기환, 운이철, 이호준. 이 셋이 다다.

그걸 용케도 한철은 꼬집었다.

"듣긴 뭘 들어 임마. 척 보면 설계가 그런데!"

"……옙. 그렇습죠."

나름 잘 숨겨 놨다고 하지만, 한철의 눈을 피해가지는 못한 거다.

"그럼 뭐해? 꺼내들어. 쏴재껴야 할 거 아냐? 안 그래?"

"지금 말입니까?"

한창 전투가 벌어지고 있는 상황이다. 그 상황에서 그걸 쓰다니.

'미친 짓 아냐?'

이호준이 보기에 한철이 대체 무슨 생각을 하고 있을지 모를 지경.

'그것'을 꺼내들면, 방벽에 있는 적에 심대한 타격은 줄 수 있다.

하지만 죽은 자의 왕, 김기환, 이준혁이 전장에 나가 있지 않나. 정우혁도 공간을 왜곡시켜 대면서 미친 듯 활약하고 있을 정도였다.

거기에 대고 그것을 꺼내라니.

잘못하면 아군이 피해를 입을 수도 있는 일이었다.

하지만 한철의 표정은 굳건했다. 의지 또한 굳건하게 전해졌다.

“어서! 저들은 걱정하지 말고! 내가 책임진다!”

“……휴우. 알겠습니다.”

책임이니 뭐니 하는 것이 중요할까.

‘괜찮겠지.’

한철의 말을 무시할 수 없는 이호준으로서는 조심스레 숨겨진 장치를 꺼내들 뿐이었다.

성벽에 있던 자리. 그가 항상 김기환의 옆에 서던 자리에서 무언가를 꺼내어든다.

기계장치이자 기판이었다. 그것을 성벽의 한쪽에 끼우자,

딸칵—

딱 맞았다는 듯, 성벽의 가운데에서 일렬로 문들이 열린다.

사람이 통과하기엔 작은 문. 하지만 무언가를 걸치기에는 딱 좋은 문이 열린다.

본래 있던 출입구 같은 것이 아니었다.

성벽의 한쪽에 완전히 문이 열리고. 철컥. 철컥 소리를 내면서 성벽에 무언가가 걸쳐진다. 포신이다.

그와 함께, 특이한 원통형 모양의 무언가는 불길한 불그스름한 빛을 흩뿌리고 있었다.

증폭포와는 분명 달랐다.

정석의 힘을 순수하게 증폭해서 날리는 것이 증폭포라면, 저것은 붉은 기운을 이용해서 불타오르는 것이었다.

저 불그스름한 빛이 가진 힘은 척 봐도 느껴질 정도다. 어마어마했다. 또한 불길했다.

보통 사람이라면 붉은 힘이 가진 것에 감탄을 할 텐데, 한철은 달랐다.

"호오! 응용이냐! 멋진데!"

어떻게 만들어졌는지 원리를 순식간에 파악한 듯했다.

"좋다! 좋아!"

기술자로서 순수하게 감탄을 하고 있었다.

"비켜봐라."

"어억!"

그리고 순식간에 이호준의 자리를 빼어든다. 그의 앞에 있던 기판을 조작해 댄다.

"그러면 위험합니다!"

"걱정 말라고!"

수치가 표시되어 있던 계량기가 불길하게 좌우로 흔들린다. 순식간에 연기를 흘리기 시작하는 것을 보면 확실히 무언가 잘못됐다!

그런데도 한철은 희희낙락이었다.

마치 불길한 발명 장치를 보고 보람차 하는 매드 사이언티스트와 같은 모습!

이호준이 보기에는 한없이 잘못 돌아가고 있는데, 그는 아름다운 작품을 보듯 숨겨진 '그것' 들을 조종하는 기판을 보고 웃어 보이고서는.

"한 방 제대로 가자고!"

꾸우우욱—

그대로 버튼을 눌러버렸다.

"우와아아아악! 모두 피해!"

이호준의 괴성이 성벽 위에 울려 퍼지며, 숨겨졌던 '그것' 이 작동했다.

*　　*　　*

멀리 떨어져 있다고 하더라도 느낄 수 있다.

순식간에 끓어오르는 힘. 어마어마한 응축까지!

"저 미친!"

저것은 내 힘을 응축시켜 놓은 것들이다.

거기에 운이철이 자신의 힘을 작용시켜 힘을 분석, 효율적으로 배치하고, 이호준의 기술까지 녹아들어 간 특제 물건이었다.

'썩을.'

이번 전투에 쓸 때 쓰더라도 그게 지금이 될 줄은 상상도 하지 못했는데!

이호준은 피하라고 미친 듯이 소리치고 있고, 한철은 매드 사이언티스트처럼 켈켈대며 웃고 있는 걸 보면 상황은 뻔했다.

한철이 또 저질렀다! 이호준은 그걸 막지 못했고!

'누굴 원망하겠어.'

저런 사람들을 데리고 온 나를 원망해야지.

"키킥. 좋아. 좋다고."

"……미친놈."

"너야말로!"

죽은 자의 왕과 저 하늘에서 날아다니는 가식덩어리야 살길이 따로 있는 듯했다. 뒤에서 어마어마한 화력이 일어나는데도 그들은 주변을 신경 쓰지 않고 있었다.

대신.

"저거 뭡니까!"

"이 미친!"

이준혁과 정우혁부터가 놀랐다.

"일단 이리 와!"

그들을 불러들였다. 각기 가진 한 수가 있는 놈들이긴 하지만, 그걸 여기서 쓰게 하면 안 됐다.

'저걸 왜 지금 쓰냐고!'

마지막 원망을 날리며.

화아아아아악—

셋을 감쌀 수 있는 불의 막을 만들었다.

운이철과 이호준의 힘이 깃든 것이긴 하지만, 저 힘의 기본은 내가 가진 힘이 응축된 것.

'어떻게든 버틸 수 있을 거다.'

그러니 모든 걸 포식, 특히 불을 포식하는 내 힘의 특성상 저 미친 무기를 막아낼 수 있을 거라 생각하며 불의 막을 완성했다.

안으로 들어오니 조금 안심이 된 걸까.

"저거 대체 뭡니까. 증폭포도 아니고!"

"일단 봐!"

"후우……."

다들 한시름을 놓는다. 적어도 내가 생성한 불의 막 안에서는 안전할 거라 여기는 듯했다.

*　*　*

하지만 얼마 뒤.

쯔아아아아아앙—

괴성을 내지르면서 발사된 '그것'! 아직 이름도 정해지지 않았던 미친 그것은!

빛을 뿜어냈다. 불그스름한 불길한 기운을!

자신이 있는 방벽의 앞에서 전쟁을 벌이는 것이 마음에 들지 않는다는 듯, 앞에 있는 모든 것들을 쓸어버리기 시작했다.

가장 먼저 쓸려간 것은 방벽과 가장 가까웠던 언데드의 군세였다.

불의 힘에 기반을 둔 그것의 포격에 닿자마자 녹아버리기 시작했다. 빛의 군세에도 버티던 그것들이 형체도 남기지 못하고!

"허…… 미친!"

죽은 자의 왕이 급히 언데드의 군세와 함께 어둠으로 녹아들지 않았더라면, 모두가 사라졌을 정도였다.

그나마 그가 재빠르게 움직였기에 망정이지, 1초도 되지 않는 순식간에 삼 분의 일 정도가 녹아들어 버렸다.

그 뒤에 있는 것은 바로 빛의 군세. 겉으로 보기엔 빛 속성이지만 안에 어둠을 내포하고 있는 빛의 군세는 너무 안일했다.

"으읏……."

빛. 오로지 빛으로 이뤄져 있기에 방벽에서 날린 포격을 이겨낼 수 있을 거라 여긴 걸까?

실제로 증폭포의 포격에도 끄떡없던 그들이었으니, 그 정도 방심은 충분히 할 수 있는 일이었다.

하지만 방심은 안일함이고, 안일함은 언제나 큰 손해를 불러오기 마련이다!

"……크아아악!"

가장 먼저 타들어 가는 것은 공중에서 죽은 자의 왕을 상대하던 가식덩어리!

그 뒤로 빛으로 이뤄진 몸을 믿고 있던 빛의 군세가 그대로 쓸려들어 갔다. 닿으면 닿는 대로 그대로 녹아 사라진다.

빛으로 빛을 녹이는 광경!

"푸헤헤헤헷! 안일한 새꺄!"

그 광경을 보고 웃어 보이는 죽은 자의 왕도 웃긴 놈이긴 했지만, 눈앞에서 벌어지는 광경은 어마어마하다고밖에 할 수 없었다!

문제는 그 뒤가 바로 우리라는 것!

"괜찮겠습니까? 이거?"

정우혁의 걱정스런 표정에도.

"저거 내가 만든 거야. 내 능력이 뭐냐! 걱정하지 말라고!"

안심을 하라고 자신감을 내보였건만.

부왁—

빛이 이곳을 향해서 뿜어지는 그 순간.

"우와아아아악!"

내가 생성된 불의 막이 타들어 가기 시작했다.

'이 미친!?'

불의 지배자라 말하던 내가 아니었나. 그런데 나로부터 나온 불을 이용한 빛의 공격이 내 불을 태워?

무슨 지우개로 지우는 듯 나의 불의 막이 순식간에 녹아들기 시작한다.

운이철, 이호준 이 두 양반이 대체 뭘 한 것인지는 몰라도 어마어마하게 힘을 증폭시킨 것이 분명하다.

"이거 이대로 괜찮은 겁니까!"

"있어 봐!"

후우우웅—

몸에 있는 불의 힘을 더 끌어들였다. 동시에.

'흡수한다.'

저 미친 빛의 가운데 숨어 있는 힘. 나로부터 비롯된 힘을 흡수해 내기 시작했다.

문제는 흡수하고 또 흡수해도 그 양이 어마어마하게 많다는 것!

'웅이도 저기에 갈아 넣었으니까…….'

레이드급 몬스터 웅을 한 마리 제물 삼아 갈아 넣고 불을 흡수하게 만든 무기였으니 그 힘이 강한 것도 무리도 아녔다.

내가 빛에 담긴 불의 힘을 흡수해서 다시금 불의 막에 힘을 불어넣는 것보다 저 미친 빛에 의해서 타들어 가는 게 더욱 빨랐다.

결국.

"우와!"

후우우우웅—

본신의 힘을 꽤나 쓰고 나서야 저 미친 병기가 날려 댄 불의 힘을 막아 내는 데 성공할 수 있었다.

'아슬아슬했다.'

정말 아슬아슬하다고 할 수 있을 만큼, 아슬아슬한 타이밍에 저 방벽으로부터 나온 빛이 우리를 지나갔다.

"죽을 뻔했다고요!"

"……."

"닥쳐! 일단은 살았잖아!"

"닿았으면 죽었을 거라고요!"

"시끄러! 좀 조용해 보라고. 힘 보충해야 하니까!"

죽다 살아났다 여겼는지 정우혁은 잔뜩 불만을 표하고, 나는 방어를 하느라 사라진 힘을 주변의 열로 보충하는 그 순간.

그 순간 사이에도 우리를 지나간 빛 무리는 어느새 저들 육욕의 왕의 군세를 향하고 있었다.

"저쪽이 당하는 거나 보라고!"

"오오오!"

* * *

분명 저들도 가만 있는 것은 아니었다. 포격이 오는 동안 저들도 준비는 했다.

우우웅—

기술을 사용한 건지 방어벽을 형성하는 자도 있었다. 하지만 포격된 빛이 닿자마자.

파각. 스라라락.

괴음을 내면서 그대로 바스라졌다. 바닥에 떨어진 유리잔이 깨지듯 아주 순식간에 깨졌다.

"으억!"

그 방어벽 뒤로 있던 자들. 안심하고 있던 자들은 그대로 사라졌다. 아니 삭제됐다!

"……헐……."

뒤에서 바라보던 우리도 놀랄 만한 광경.

이건 타들어 간 것도 아니었다. 재도 남지 않았다. 어쩌면 재마저도 타버렸을지도 몰랐다.

순식간에 존재 자체가 삭제됐다.

그 뒤.

급하게 한 건지, 미리 준비한 건지는 모르겠으나 곳곳에서 이능력이 샘솟아 오르기 시작했다.

누군가는 정우혁에게 놀라움을 줬다.

"어?"

그들은 공간을 열었고, 그 공간에 들어가 자신들의 몸을 보호했다. 빛이 사라지기 이전까지는 공간에 숨어서 살아

남을 계획인 것이 뻔히 보인 상황.

짧은 판단치고는 좋았다.

"……저는 먼저 가보죠."

문제는 이 위험한 상황에도 위트를 잊지 않고 있었던 정우혁이 한참 진지해져서는 먼저 쏘아져 나갔다는 것.

말릴 사이도 없이 그들을 향해 튀어 나갔다.

'또 있는 거군.'

그의 아버지를 죽인 자들 중 하나가 눈에 띈 것이 분명하다. 하기는 공간을 이용해서 몸을 피했다는 것 자체가 저들이 배신자일 확률이 높았다.

이 외에도 다른 방식으로 숨는 자는 많았다.

자신의 몸을 물로 바꿔 땅 아래로 스며드는 자, 몸이 빛이 되어 날아드는 빛과 동화되는 자도 있었다.

빛이 도달하지 않는 저 높은 공중으로 몸을 부양해서 움직이는 자도 있었다.

아니면 굳건한 몸으로 버텨낸 자도 분명 있었다.

하나같이 강력한 힘을 가진 자들은 어떻게든 버텨내는데 성공했다.

문제는.

"……꽤나 죽어버렸군."

"허무할 정도로요."

학살은 자제하는 나로서는 끔찍하다 할 수 있는 광경이 눈앞에 그려졌다는 거였다.

거의 대다수.

강자가 아닌 약자. 육욕의 왕이 끌고 들어왔을 자들 중 삼 분의 이 정도가 그대로 삭제되어 버렸다.

거의 마지막 즈음.

육욕의 왕들 중 보좌관들이 나서지 않았더라면 나머지 삼 분의 일도 완전히 타버렸을 것이 분명했다!

지난 시간 동안 오래도록 모아 놓은 재화들. 그리고 정석들.

그 모든 것들을 이용해서 만들어 낸 준비된 한 방이라고는 하지만.

'상상 이상이군.'

만든 나로서도 생각지 못한 위력을 보였다. 미쳤다고 하기에 충분할 만한 힘이었다.

하지만 아직 최대의 강적은 남았다.

부스러기 같은 자들은 이미 죽거나, 전투불능에 처했다 하더라도 남은 보좌관과 왕들이 있었다.

"가지."

"예!"

보좌관들은 이준혁이, 왕은 내가 상대하는 것이 자연스레 짜인 이번 작전의 골자(骨子)!

미리 약속이라도 한 듯 우리 둘은 동시에 달려가기 시작했다.

그 움직임을 축복이라도 하는 듯.

콰아아아앙—! 쾅!

스아아아악!

곳곳에서는 죽은 자의 왕의 움직임과 함께 포격으로 멈추었던 전투가 다시금 이뤄지기 시작했다.

"간다……."

화아악! 타악—

불의 힘을 일으키고, 점차 왕에게로 가까워진다.

나쁜 상황은 아니었다. 되레 이쪽이 상상 이상으로 좋았다.

응축된 포격은 다시금 날리기 힘들다고 하더라도, 당한 것은 왕의 쪽이었다.

부족하나마 자라난의 힘은 여전히 남아 있었고, 왕의 힘은 급감했다.

그런데 가까워지면 가까워질수록 그가 보이는 표정이 가

관이었다.

'웃어?'

그는 마치 지금을 즐기는 듯 웃고 있었다. 아주 크게. 미친 것처럼.

되레 배라도 부른 듯한 표정을 짓고 있었다.

—재밌는 애송이 놈. 잘 왔다.

나를 본 왕이 손짓한다. 그의 손짓이 끝남과 동시에.

그의 주변에 있던 모든 것들이 그에게 빨려들어 가기 시작한다. 온갖 잔해와 함께.

"우육……."

전장에 남은 부상자들의 힘이 육욕의 왕에게로 솟구쳐 간다.

마치 그에게로 흡수가 되어 가듯이!

나와 비슷하지만 다른 방식으로 주변의 것들을 왕답게 흡수한다. 그리고 그 흡수가 끝이 나는 그 순간.

파아아앙—

미칠 듯한 폭음이 다시 그 주변을 둘러싸기 시작했다.

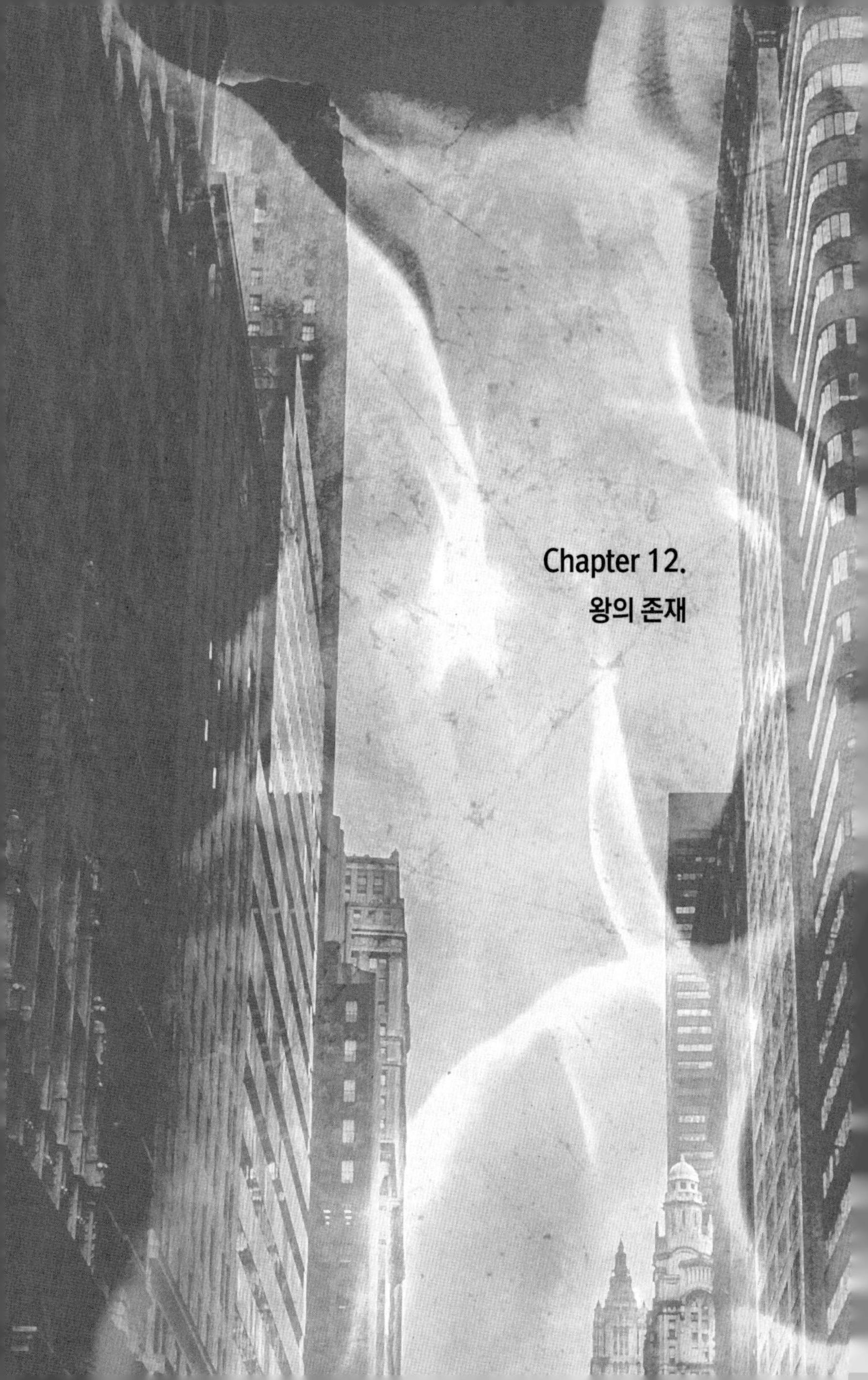

Chapter 12.

왕의 존재

더는 숨길 필요도 없다 여긴 걸까. 그도 아니면 이참에 모든 힘을 드러내 자신의 떨어진 위세를 만회하겠다고 여긴 걸까.

목적은 알 수 없다. 단지 웅혼하고 은밀한 목소리가 들렸을 뿐이다.

—왕이 왕으로서 존재하기 위해 필요한 게 뭔지 아나?

"또 뭔 개소리 하려고?"

김기환의 대답과 상관없이 폭음은 계속 이어졌고, 그 가운데에서 웅혼한 울림은 계속해서 들려왔다. 마치 악마의 속삭임처럼.

—킥. 홀로 존재해서야 왕이라 할 수 있을까.

파앙—

말이 끝남과 동시에 또다시 이어진 폭음.

—복종과 충성. 그런 것들이 필요하지.

"……개소리 맞네."

—그리고 그런 복종은 따르는 백성들로부터 나오는 거다. 너처럼 어설픈 동료가 아니라.

콰즈즈즈즈즈즈즉—

폭음이 멈췄다. 무언가 깨지는 소리가 들려왔다.

곳곳에서 비명 소리가 났다.

자라난이 있는 쪽이 아니었다. 육욕의 왕이 있는 쪽이었다. 그곳에 있는 자들로부터 비명 소리가 끊임없이 들려왔다.

계속되는 비명 소리와 함께, 폭음이 끝나 먼지가 걷혔을 때.

"하……."

"미친."

그가 말하는 백성이라 하는 존재들이 드러났다.

*　　*　　*

김기환으로서는 처음 보는 존재들. 허나 완전히 처음 등장한 건 아닌 존재들이 모습을 드러냈다.

본래부터 이곳에 있던 헌터들 모두 그런 존재가 됐다.

온몸이 어둠인지, 더러움인지 모를 것으로 둘러싸여서는 광기에 젖어가는 존재가 되어 갔다.

“이게…….”

“큿…….”

육욕의 왕과 함께 온 군세들. 이제 막 어두운 것에 둘러싸인 자들은 잔뜩 혼란스러워 보였다.

자신들을 둘러싸고 있는 음습한 기운에 당황하는 눈치다.

하지만 그들 사이사이에 섞여 있는 보좌관들은.

“크흐…….”

“좋군.”

당장의 상황을 즐기는 듯 혹은 새로운 힘에 도취라고 된 듯 지금을 음미하는 표정을 해 보였다.

그 뒤에 기다렸다는 듯 모습을 드러내는 존재들.

스르르르륵—

총 여섯 개의 게이트가 열렸다.

그중 다섯 개의 게이트 안에서 새로운 존재들이 쏟아져 나온다.

'하나는 왜?'

나머지 하나는 무언가 이상이 있는 듯 점멸되는 상태였다.

다만 그걸 신경 쓸 새가 없었다. 나머지 다섯에서 쏟아져 나오는 존재들이 문제였다.

그들은 보좌관들 이상으로 온몸이 음습한 기운으로 덮여 있었다.

—키이이익.

—키익.

이성을 잃어 정말 몬스터라도 된 듯이, 괴성을 내지르면서 나오는 이들은 누가 봐도 정상으로 보이지 않았다.

욕망. 광기. 음기. 탐욕. 색욕.

각각의 모습을 드러낸 자들은 전부가 물들어 있었다. 각각의 욕에.

아주 완전하게!

그리고 마지막으로 그들을 지배하는 자. 육욕을 다루는 왕. 그가 외쳤다.

—진격.

그의 명에 그로 물든, 그로부터 비롯된 군세가 진격하기 시작한다.

*　*　*

그들의 진격. 비록 음습하기는 하나 꽤나 스펙타클한 장면이었다.

수천이 되는 무리가 모습을 드러내 진격해 오는 그 장면이란!

'대체 얼마나 잡아먹은 거냐…… 미친 새끼.'

무려 수십 년.

그 오랜 기간 동안 그가 잡아먹고, 물들여 온 모든 자들이 육욕의 왕의 군세가 되어 달려오고 있었다.

내가 지난 시간 동안 사람을 모으고, 힘을 비축해 와 '그것'으로 한 방을 날렸다면!

육욕의 왕은 수십 년간 비축된 힘으로 나를 상대하고 있는 것이다. 그러니 압도적이라고 할 수밖에 없다!

"하…… 미쳤군. 정말."

저 압도적인 군세를 단번에 쓸어버리는 건 나로서도 무리다.

무려 수십 년간 축적된 힘이다. 인외적인 짓을 벌여서라도 축적한 힘이다. 그걸 일거에 내가 쓸어버린다? 그 자체가 말이 되지 않는 일이다. 상상도 하기 힘든 일이다.

그래도 해야 한다.

"그래도 고꾸라트려야 하지 않겠습니까? 그나마 하나 열리지 않은 게 다행이죠."

"그렇지."

이준혁의 말대로, 그들을 고꾸라트리지 못해서야 여기까지 달려온 의미가 없었다.

전부를 상대하는 것이 무리라면.

"결국 방법은 하나죠. 길은 제가 최대한 뚫어 보겠습니다."

"……알았다."

결국 일직선으로 뚫고서 저 육욕의 왕 앞에 도달하는 수밖에는 없었다.

"가자!"

"예!"

다시 달린다.

* * *

"뒤져! 배신자 새끼들아!"

"……너야말로."

전장의 한가운데를 장식하고, 공간을 왜곡해 가는 정우혁을 스쳐 지나간다.

자신의 아버지를 죽인 자를 벌하기 위해서 공간을 뒤흔드는 정우혁의 모습은 광기 그 자체였다.

'새끼…….'

함께해 주지 못한다는 아쉬움, 안타까움을 담고, 한편으로는 그가 승리하기를 응원하며 그를 스쳐 지나간다.

그래도 그가 공간 이능력자들을 상대하는 덕에 전장을 뚫는 게 수월해졌다.

가는 공간마다 왜곡이 되었더라면, 더 힘든 전진이 되었을 거다.

달려오는 놈들.

—키이이이익!

—키익!

힘에 완전히 잡아먹힌 자들.

"으읏!"

갑작스럽게 주어진 육욕의 왕의 힘에 당황을 하면서도, 왕의 명령에 따라 자신도 모르게 손을 휘두르는 자들.

"비키라고!"

스아악—

그들을 베고, 정리한다.

콰즉—

손에 자비는 없었다. 수십 년 축적된 힘을 쏟아 붓고 있는 육욕의 왕을 상대로 자비를 베풀 만큼 어리숙하지 않았다.

"여기도 뚫어 보시지!"

"……노오옴!"

그나마 뚫은 자들. 군세. 그들에 이어 곳곳에 섞여 있던 보좌관들이 나와 이준혁을 향해서 쏟아져 나온다.

보통으로는 막을 수 없다는 걸 깨달은 듯했다.

몸을 사리지 않고, 일대일도 아닌 여럿. 다수가 되어서 나와 이준혁을 막기 위해서 달려오기 시작했다.

화아아아악—

저들 모두 각자가 왕으로부터 뽑힌 존재들이다.

한 명, 한 명이 왕에게 뽑히기 이전부터 최소가 상급. 왕의 힘을 받고서부터는 규격외의 힘을 받게 된 존재들이다.

그런 존재들이 수십이 되어 달려든다.

어쩌면 이들이.

'진짜.'

육욕의 왕에게 있어 최고의 군세이자, 정예였다. 그런 정예들의 앞으로 단 한 점의 망설임도 없이 달려드는 존재가 있었다.

"……이쪽은 제가 맡죠. 사형."

"되겠냐?"

"되게 해야죠. 이쪽도 왕을 고꾸라트릴 몸이지 않습니까?"

"……맡긴다."

이준혁이었다. 사제. 짧은 인연이었으나, 나에게 많은 걸 알게 해준 존재. 한때는 나와 격이 달랐던 그가 나서 준다.

"갑니다!"

그가 땅을 박찬다. 박찬 땅이 팬다. 그만큼 빠른 속도로 쏘아져 나간다.

"……크륵."

순식간에 보좌관 하나의 목을 딴다. 그가 반응할 새도 없이 빠른 쾌검이었다. 깨달음을 얻었다고 하는 나로서도 흉내내기 힘든 빠른 쾌검이었다.

쾌검으로 끝을 낸 게 아니었다.

한 번의 공격에 모든 걸 쏟아 붓고, 멈춰 설 만큼 이준혁은 바보가 아니었다.

그는 이어서 계속해서 검을 휘둘러 갔다.

목을 째고, 복부를 찌르고, 날아드는 이능력은 어느샌가 검강과 같은 걸 씌운 검으로 베어버린다.

적을 찢고, 찌르며, 죽이는 데 이준혁은 특화되어 있었다.

몬스터가 아닌 사람을 상대하는 데 특화되었다고 할 수 있을 정도.

그렇기에 부산에서는 그의 적에게 살귀라 불리는 걸지도 몰랐다. 처음 들었을 때는 유치하다고만 하던 그런 별명이었지만. 지금에 와서는.

'……어울리네.'

헌터를 죽이는 살귀라는 별명이 가장 잘 어울리는 그였다.

유치한 게 아니었다. 그를 표현하기에는 살귀 말고 달리 어울리는 말이 없었다.

압도적으로.

또한 빠르게. 그는 그렇게 보좌관들을 제대로 상대해 가고 있었다.

"맡긴다!"

이 정도면 믿을 만했다. 그에게 맡겨도 됐다.

그에게 믿음을 실어 주며 속도를 더했다. 앞으로 더 달려가기 시작했다.

—좋구나……

정말 왕이라도 되는 듯, 콜로세움에서 이뤄지는 검투사들의 전투를 지켜보기라도 하는 듯 왕처럼 행세하는 그의 목을 따러!

*　*　*

"새끼가!"

놈은 처음부터 끝까지 집요했다. 자신만의 방식을 고수했다.

보좌관들을 지나 내가 조금 더 전진을 했을 때.

우우우우웅―

게이트 중에 하나가 폭발하듯 점멸했다. 주변에 있는 자신들의 군세를 잡아먹으면서까지 폭발을 일으키고 모습을 드러낸 존재는.

―그르르륵.

레이드급. 아니 그 이상이라고 하기에 부족함이 없는 어떤 존재였다.

검은 형태로 몸을 형성하고 있는 그것은, 척 보기에도 강력한 힘을 가지고 있었다. 하지만.

'부족하다고.'

전장의 불꽃을 잡아먹고 자란 나를 막기에는 아직 역부족이었다. 모습을 드러낸 그것을.

콰즈즈즈즈즉―

불을 일으켜서 그대로 온몸을 태워 줬다.

—그어어어어!

온몸이 불에 둘러싸인 놈이 고통스러워하는 그 사이. 놈을 스쳐 지나갔다. 아주 빠르게!

*　*　*

"됐어."

라고 생각했다. 처음 게이트에서 등장한 놈을 통과할 때는!

하지만 아니었다. 게이트는 처음부터 괜히 여섯 개가 모습을 드러낸 것이 아니었다.

두 번째, 세 번째 게이트가 폭발했다.

역시 주변의 모든 힘을 잡아먹고 태어난 그것들은 하나, 하나가 강력한 몬스터가 되었다. 주변을 잡아먹는 괴수가 됐다.

하나. 둘. 셋.

여섯 개 중 반수 정도는 쉬이 상대를 할 수 있었다.

문제는 열린 게이트는 총 여섯이라는 것. 남은 셋의 게이트를 뚫고. 그 뒤에 있는 왕까지!

"후욱…… 후……."

과연 상대할 수 있을까?

결국 그에게까지 도달하는 것은 무리란 말인가? 그런 생각들이 머리를 가득 채웠다.

그럼에도 할 수밖에 없었다.

저 뒤에서 보좌관들을 상대로 분투하고 있는 이준혁.

배신자를 처단하고 있는 정우혁.

계속해서 뒤에서 포격을 하고, 늘어나는 왕의 군세를 상대하기 위해서 분투하는 길드원들을 봐서라도 나는 멈출 수가 없었다.

부족해진 힘. 빠져나간 화염을 주변에서 빨아들이며 전진 또 전진을 한다.

그러다 어느 순간. 저쪽도 안 된다 여긴 걸까.

—놈. 끝을 보자.

콰아아아아앙—

나머지 셋. 지금껏 아무것도 뱉어내지 않던 게이트까지 전부. 육욕의 왕이 터트렸다.

그로서는 그가 가진 최종 힘을 드러내어 이 귀찮은 상황을 끝내려 하는 것이 느껴졌다.

*　　*　　*

크게 터진 폭음. 왕의 의지가 느껴졌다. 이 한 방에 나를 죽이려는 게 확실했다.

세 개의 게이트!

그가 지금껏 축적한 힘. 그것들이 내게 하나씩, 하나씩 고꾸라지지 않았는가. 내 불에 타오르지 않았는가.

그렇기에 한 번에 터트린 거다.

그 모든 힘들을 이용해서 나를 죽이려고. 하나씩 터트리는 것으로 안 된다면 세 개를 한 번에 터트려 나를 단번에 죽이려고 하는 것이 분명했다.

콰아아앙—

폭발과 함께 네 번째 게이트에서 괴수가 소환됐다.

놈의 크기는 크지 않았다. 사람 정도의 크기였다. 하지만 검을 쥐고 있는 놈의 기세는 빈틈이 없다고 느껴질 정도였다.

검은색으로 이뤄진 육체와는 다르게 쥐어진 검은 새하얗디새하얗다.

저기 방벽 위에서 검은 군세를 베어가는 이준성의 검과 아주 비슷했다.

콰앙—

다섯 번째. 이번엔 또 다른 형태였다.

검은 로브를 걸친 죽은 자의 왕과 비슷하면서도 다른 형태였다. 커다란 지팡이가 놈의 특징이었다.

검을 쥐고 있는 괴수보다는 빈틈이 많았으나, 가진 바 힘은 검수보다도 더욱 커 보였다.

힘이 거대했다. 생각지도 못한 힘을 가진 것이 분명했다.

마지막 여섯 번째.

콰즈즈즈즉—

"어?"

이건 폭음이라기엔 조금 달랐다. 점멸되던 게이트 사이에서 무언가 푹하고 찌르고 나왔다.

지금까지 보았던 육욕의 왕의 음습하고 검은 것과는 다른 새하얀 무언가였다. 그렇기에 놀랄 수밖에 없었다.

지금까지 느꼈던 왕의 기운과는 전혀 다른 힘이 게이트에서 튀어나왔으니까!

'설마…….'

처음에는 육욕의 왕이 지금까지 숨겨왔던 비장의 힘을 사용하는 것이 아닌가 싶었다.

그가 가진 카드 패 중에서 내가 예상도 못 한 걸 꺼내드

나 했다. 그렇게 된다면 이쪽에 승산이 없었다. 여기서 더 한 힘이라니!

그래서야 절망을 할 수밖에 없었다. 하지만 동시에 어떤 기시감이 들었다.

정확히는 익숙함이 들었다.

푸우우우우욱—

카즈즈즈즉—

게이트에서 푹하고 뛰어나와, 게이트를 찢어발기고 있는 그 힘. 그 힘으로부터 생각지도 못한 익숙한 힘이 느껴졌다.

그리고 그 익숙함은, 게이트의 안에서 모습을 드러낸 자를 보자마자 확실해졌다.

"……조금 늦었습니다."

그였다.

그리고 그 뒤로 기다렸던 많은 자들이 쏟아져 나오기 시작한다.

*　*　*

"어?"

안에서 나온 그가 주변을 슥—하고 바라본다. 천재라 할 수 있는 그답게 순식간에 주변 상황을 파악하는 데 성공한다.

그는 운이철이었다.

"잘해 오셨군요. 마지막 남은 건 하나. 왕. 그리고 그의 퀸들뿐 아닙니까? 여왕이라 할 수 있는 존재는 이미 잡았으니……."

육욕의 왕.

거대 길드가 폰. 거대 길드의 길드장들이 나이트. 보좌관들이 룩과 비숍. 마지막 게이트에서 터진 자가 퀸으로 그에겐 보이는 듯했다.

그런 정리보다 내게 중요한 건 운이철이 갑작스레 모습을 드러냈다는 것.

"어떻게 나온 겁니까? 거기서 왜 나옵니까?"

"후후…… 사연이 있었죠. 사연이. 그건 다음에 이야기하는 게 어떻겠습니까? 급해 보이는데요."

허나 그 궁금증을 그는 바로 풀어줄 생각은 없는 듯했다.

콰즈즈즉— 콰앙!

과연 그의 말대로 나와 운이철이 대화를 하고 있는 그 순간.

그 순간 사이에도 게이트에서 나온 나의 새로운 패와 네 번째, 다섯 번째 게이트에서 태어난 괴수들의 전투가 벌어지고 있었다.

쉬이 말을 하고, 해후를 기뻐할 만한 시간은 없어 보였다.

"빠르게 움직여야 할 겁니다. 아직 많은 조각이 남았으니까요. 잘못하면 모든 게 틀어질 수도 있거든요."

"역시 이게 다가 아니라 이거죠?"

"그렇죠. 그러니 저희가 뚫어드린 그 길의 마지막을 정리해 주셔야겠습니다."

"쉽게 말합시다. 왕의 목을 따라 이거죠? 이 손으로?"

"그런 거죠. 갈까요?"

"얼마든지!"

오랜만. 아주 생각지도 못한 순간에서 그가 합류한다. 그가 온 덕에 멈추어졌던 나의 전진이 다시 시작된다.

* * *

—……크륵.

검수는 모습을 드러낸 철인이 상대한다.

"오랜만이구나."

—…….

이미 구면인 듯, 서로를 상대하는 그들의 모습에는 익숙함이 있었다.

철인은 몬스터와도 맞먹는 압도적인 박력으로. 게이트에서 태어난 괴수는 이준혁에 비견되는 예리함으로 서로를 상대한다.

누가 몬스터이고 누가 괴수인지를 모를 지경.

그 뒤를 나와 운이철이 스쳐 지나간다.

"또라이 새끼가!"

"저걸 어떻게 상대해!"

"닥치고 하라고!"

마법사. 지팡이를 쥐고 있는 그는 운이철이 데려온 자들, 우리의 숨겨져 왔던 패들이 상대를 한다.

지팡이를 들어 온갖 이능력을 쏴대는 게이트의 괴수를 상대로.

"막앗!"

"……으차!"

각자의 개성 있는 이능력을 이용해서 막고 또 막아 낸다. 그러다 종국에는.

쓰아아아아악— 콰즉!

이능력의 화살을 날려 공격을 적중시키기도 한다.

철인처럼 박력이 넘친다기보다는 아슬아슬함이 계속되는 전투였지만, 강력해 보이는 괴수를 상대로 잘해내고 있었다.

제대로 된 치유계도 몇 없이, 계속해서 전투를 지속해 내는 그 모습에 그들을 데려온 보람이 느껴질 정도였다.

그런 그들을 스쳐 지나간다.

*　*　*

"허? 저년이 왜?"

마지막에 마지막. 모든 패를 드러냈다고 여긴 육욕의 왕의 옆에 생각지도 못한 존재가 있었다.

우리가 잡았던 무당년.

그년이 숨겨져 있는 비선실세라도 되는 듯 어느샌가 육욕의 왕의 옆에 모습을 드러내 있었다.

감옥에 있어야 할 여자. 그 여자가 이곳에 모습을 드러내다니?

게다가 손에는 어디서 구했는지 모를 검은 정석이 다시금 쥐어져 있었다.

옆에 있는 게이트의 흔적으로 보아서는 게이트를 타고 넘어온 것이 분명했다.

분명 본부의 감옥은 모든 방비가 철저히 되어있을 텐데도. 어떻게든 뚫고 왔다.

어쩌면 그녀가 처음부터 잡혀 있던 것도, 지금을 위한 어떤 준비일지도 몰랐다.

생각지도 못한 존재의 등장에 나로서도 당황할 지경. 하지만 운이철은 저 게이트 안에서 알아 온 정보라도 있는 듯 당황한 기색을 전혀 보이지 않았다.

그는 자신이 할 일을 확실히 알았다.

"뚫어드리죠. 그러니 마지막은……."

"알고 있습니다."

콰악—

그의 몸이 쏘아진다. 눈에서는 이제는 그의 상징이나 다름없게 된 회색빛을 잔뜩 잔영처럼 흩뿌리는 채였다.

그를 상대로 다가오는 여인. 아니 무당은 마주 달려왔다.

그 사이 무슨 사연이라도 있었던 듯, 아니면 어떤 원한이라도 생긴 듯 둘의 부딪침은 그 어느 때보다 격렬했다.

그러고서 남은 것은 이제 단 하나.

"……도달했다."

왕.

—키킥.

광기에 쌓인 듯, 여기까지 온 나를 기다렸다는 듯 왕이 웃음 짓는다.

—잘 왔다. 마지막 제물.

"뭐?"

놈의 마지막 말과 함께 놈의 몸으로부터 음습하고 거대한 어둠이 솟구쳐 나온다. 순식간에 나와 그를 둘러싸고도 남을 만큼 거대한 어둠이었다.

그 거대한 어둠이 나를 향해 쏟아져 온다!

*　*　*

후우우우웅—

이능력을 잔뜩 일으켰다. 놈의 음습한 어둠을 태우려 했다. 하지만 이건 태워서 되는 힘이 아니었다.

전장을 가득 채웠던 어둠은 표면적인 힘이었을 뿐이다.

진짜 힘은 놈 안에 담겨져 있는 육욕.

수십 년간 모든 것들을 잡아먹고, 농축되고 더욱 은밀해진 놈의 정신에 있었다.

내가 일으킨 화염과 놈이 날려버린 육욕 그 자체가 충돌하는 그 순간.

화아아아아악—

놈과 내가 하나로 섞여들었다.

*　*　*

외부에서는 화염과 그의 음습함이 끊임없이 뿜어져 나온다.

왕의 힘이 음습한 괴수가 되어서 나의 화염을 사그라트리려 한다면, 나의 화염은 놈의 음습한 힘을 모두 태울 기세로 타오른다.

그 사이에서 그의 정신과 내 정신이 섞인다.

많은 이들을 잡아먹었다. 약했던 그는 잡아먹을 수밖에 없었다. 그렇게 그는 강해져 왔다. 육욕이 됐다. 왕이 됐다.

그럼에도 부족함을 느꼈다. 그렇기에 이곳저곳에 씨를 뿌렸다.

각성체. 던전. 변형된 각성체. 제물의식. 타국의 이능력자.

많은 것들을 구했고, 뿌렸고, 변수를 만들었다. 그게 육욕의 왕이 지난 시간 동안 해 왔던 일이다.

그게 육욕의 왕을 구성하는 모든 것이었다.

찌질했던 내가 있다. 약했다. 어쭙잖게 씨앗을 구했다.

각성을 했다. 포식을 했다. 힘을 얻었다. 그럼에도 시간이 부족했다. 수십 년이란 시간은 내게 주어지지 않았다.

아직 약했다. 강해졌다고 하더라도 왕에게는 부족할지도 몰랐다.

그럼에도 노력해 왔다. 나로서는 안 되는 것을 알기에 동료를 구해 왔다. 왕이 아닌 함께 일어서는 자를 택했다.

왕이라 말했지만, 부족하디부족해서 찌질하기까지 했던 나는 많은 이들의 도움을 받아 여기까지 왔다.

왕에게까지 도달할 때조차도 나 혼자의 힘이 아니었다.

결국은 많은 자들의 도움을 받아 여기까지 도달했다.

그렇기에 왕이 말한다.

—그러니 너는 왕이 될 수가 없는 거다. 그렇기에 너는 여기까지인 거야. 너는 자격이 없다고.

끊임없이 속삭인다. 나를 무너트리려 한다. 자격이 없다 말한다. 나는 부족하다 말한다. 바보 같기만 하던 나. 쓸데없이 열혈로 달려오기만 하던 내게 여기까지라 말한다.

어쩌면 그의 말이 맞을 수도 있었다.

나는 단지 운이 좋게 이능을 얻은 존재다. 부족하기만 했다. 아직까지도 홀로 해내는 것은 많지 않다. 단지 무식하게 힘만 키워 왔다.

하지만.

"그럼에도 말이지. 부족하고 못나고 찌질하기만 했던 나지만 말이다."

내가 미친 짓을 벌일 수 있었던 원동력은.

이 부족하기만 했던 내가 여기까지 해낼 수 있었던 모든 이유는 별다른 것에 있었던 것이 아니다.

"……만화같이 유치하지만 말이다. 결국은……."

같이했기에 달려올 수 있었던 거였다.

바보같이 유치해 보일 수 있지만, 그게 내 진심.

나를 향해서 모여든 모든 이들. 내가 지금까지 힘을 쌓은 것의 모든 이유.

왕의 폰, 나이트, 룩, 비숍. 그의 모든 군세들을 상대해 주고 있는.

나의 길드원. 사제. 사형. 인연이 닿은 장인. 여러 아이들. 그 모든 이들이 내가 힘을 쌓을 수 있었던 이유다.

그렇기에.

"……이제 그만 닥치고 죽으라고!"

화아아아아아악—

또 한 번 나의 모든 것을 태웠다.

내 의지를 잡아먹으려던 놈을 상대로 더욱 큰 힘을 냈다. 내 몸. 내 모든 것들을 제물 삼아 태웠다.

아끼지 않았다. 그 어느 것도 남기지 않았다.

모든 걸 잡아먹어 자신을 유지하려는 왕. 그를 상대로 아무것도 아끼지 않고 태우는 나.

'이미…….'

처음부터 승부는 결정난 것이지 않은가?

아끼고 또 아껴 자신의 것만을 지키려는 자와 모든 것을 불태워 여기까지 온 나의 싸움이다.

화아아아악—

나의 이능력. 몸. 의지.

그 모든 것들이 한 번에 타오르기 시작한다.

Chapter 13.

전쟁의 끝

모든 것들이 타올랐다. 끝이 났다.

그날의 전투가 있었을 당시, 마지막을 화려하게 불태우던 그 대결의 끝은 전장으로부터 멀리 떨어진 곳에 있던 자들의 눈에도 또렷하게 보일 정도였다.

온 세상을 밤으로 물들일 듯 음습하게 솟아오르던 그 검은 안개, 그의 군세는 왕이라는 존재에 대해서 다시금 생각하게 했다.

그리고 그 음습함을 태울 듯 크게 불타오르던 모든 걸 포식하는 화염은 결국 음습한 왕을 잡아먹는 데 성공했다.

왕의 모든 것들을 태우고, 살라먹어, 자신의 화염을 키우는 데 성공했다.

어두웠던 안개가 걷혀지고, 타오르는 화염만이 남게 된 그 순간.

"……."

마지막에 남게 된 것은 김기환 그 하나.

모든 것을 불태우고 남아 초연하기까지 한 표정을 짓던 그는, 마지막까지 전장에 남아 있던 음습함을 남김없이 태웠다.

"아아아아악!"

왕의 위세를 빌어, 주문과도 같은 힘을 사용하던 무당이 가장 먼저 쓰러져 고꾸라졌다. 온몸에 화상을 입은 채로.

"크윽……."

보좌관들도 같은 신세. 온몸에 부여받았던 그 힘이 새로이 태어난 왕에 의해 타들어 갔다.

갑작스럽게 사라진 육욕의 왕의 힘에 보좌관들이 당황을 하는 그 사이.

"……."

~~푸우우우욱—~~

전장에 있어 자비가 없는 이준혁의 검이 닿았다.

갑작스런 힘의 공백에 당황하는 그들 하나, 하나의 멱을 순식간에 따버리는 그였다.

다른 곳들도 결국 마찬가지.

—키이이이익!

완전히 힘에 물들었던 자들. 힘에 잡아먹힌 자들은 그대로 스러져 갔다.

온몸이 불타올라 사라지거나, 무당이 그러했던 것처럼 쓰러졌다. 그나마 완전히 힘에 먹히지 않은 자도 있는 듯, 형체를 유지하는 자도 몇 있었다.

남은 건 억지로 끌려나온 군세들.

"어?"

갑작스럽게 왕의 힘에, 세뇌라도 당한 듯 왕의 명령을 받들어 방벽에 달려들던 그들의 몸이 멈췄다.

억지로 그들을 이끌어 가던 힘이 사라졌다. 상황을 파악하는 데는 오래 걸렸지만, 그들은 본능적으로 알았다.

'끝이다…….'

전장이 끝이 났다는 걸 깨달았다.

그들을 조종하던. 그들을 이끌어가던, 전장 전체를 둘러싸고 있던 왕의 힘이 사라졌음을 알았다.

왕이 고꾸라졌다.

그것은 곧 전장의 종료를 뜻했다.

모두가. 본능적으로. 그래야만 한다는 듯이 한 곳을 바라봤다.

방벽에 있는 이도, 적들도, 살아남은 자들도 모두.

김기환 그만을 바라보고 있었다.

그런 그들을 오시하고 있는 김기환은 언제나처럼 바보 같은 환한 웃음을 띤 채였다.

에필로그

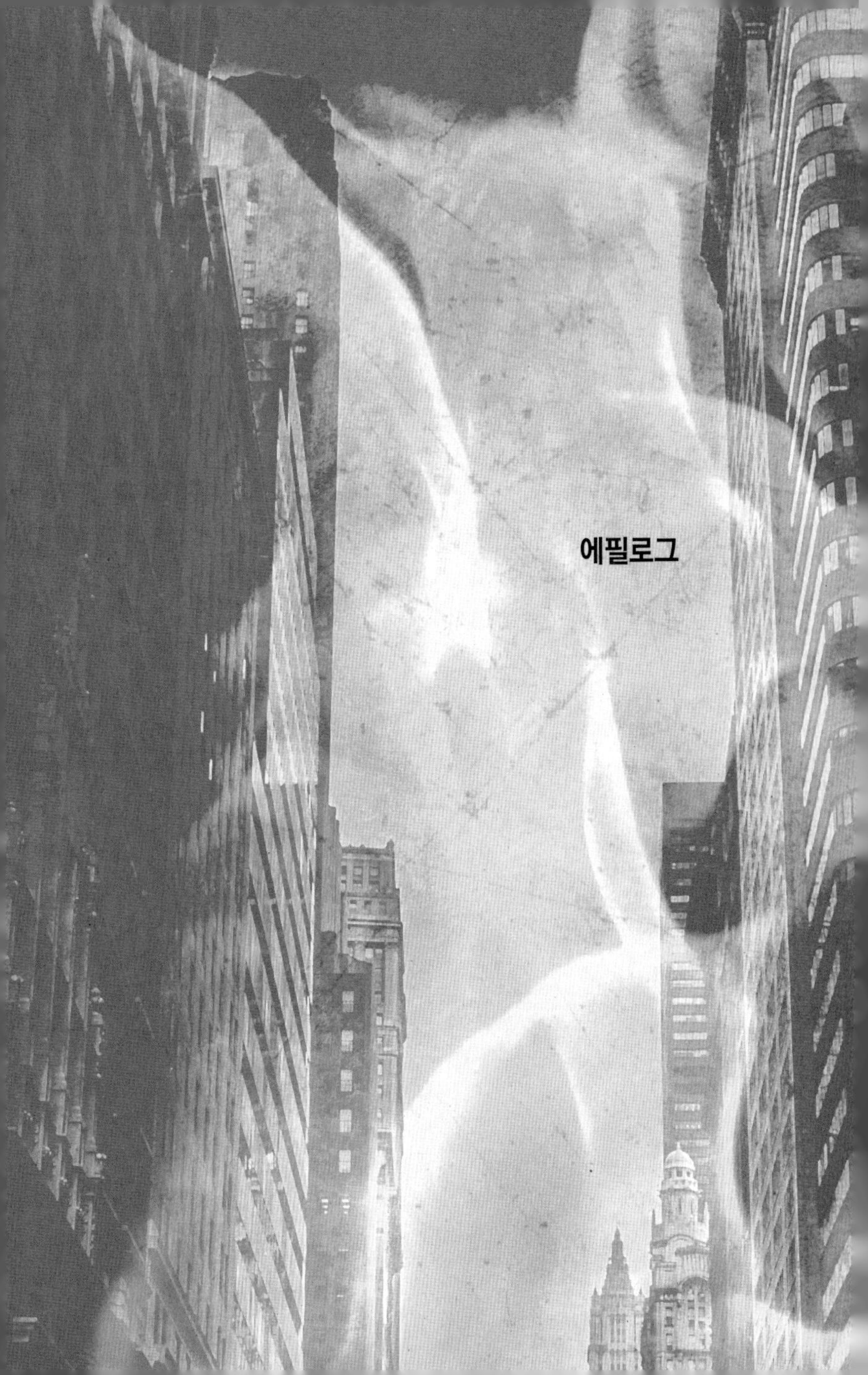

1.

얼마 전 전쟁이 종료됐다.

허나 전쟁이 끝났다 해서 쉽게 완전한 끝을 고할 수는 없었다.

적들의 남은 세력을 정리해야 했다. 육욕의 왕은 왕 중 하나일 뿐. 고꾸라트릴 자들은 많았다.

정우혁과 이준혁. 그자들도 각기 왕을 쓰러트려야 했다. 그게 그들이 함께 했던 약속이었다.

또한 정리를 해야 했다.

육욕의 왕이 죽고 남은 힘의 공백. 그것을 메꿔야 했다.

김기환과 자라난에게 쏟아지고 있는 여러 시선, 원망, 기대, 희망. 그런 것들을 정리해야만 했다.

여태까지 해 온 만큼 해야 할 일은 태산처럼 쌓여 있었다.

지금까지 해 온 것보다도 더 바쁘게 움직여야, 그나마 지금까지의 모든 것들을 마무리할 수 있을까 싶을 정도였다.

그렇기에 지금 가장 바삐 움직여야 할 그. 김기환.

그는 바삐 움직여야 함에도, 그보다 다른 것에 신경을 쓰고 있었다.

척 봐도 정신없는 표정에 잔뜩 피곤해 보이는 그는 의무실에서 모습을 드러내는 장진후를 상대로 재촉을 하고 있었다.

"어, 어떻게 됐습니까!"

"……자네는 언제 봐도 정신이 없구만."

"항상 만나는 일이 그런 일이지 않습니까!"

"진지할 때는 한없이 진지한 사람이…… 흠……."

운이철을 살렸던 그다. 일이 있어 쉽게 몸을 움직이지는 못하지만, 한번 모습을 드러내면 사람 하나 살리는 것은 쉬이 해내는 그가 약간은 불만스레 김기환을 바라본다.

그런 그의 표정과는 상관없이 김기환은 재촉할 뿐이었다.

"그런 건 됐고! 어떻게 됐습니까!"

"……성공했네."

결국 그 재촉에 못 이겨 장진후가 답을 해 준다.

"오오오오오!"

그 말에 환호성을 내뱉는 김기환. 그 옆으로 대기하고 있던 자들 모두 기쁜 표정을 짓는다. 모두 기뻐하며 환호한다.

모두가 환호하는 그 사이, 정신을 차린 것은 김기환이 가장 빨랐다.

"이서영 씨! 아니 이서영!"

의무실 안으로 미친 듯이 달려들어 간다.

이서영이라고 외치면서. 그동안 기다렸던 설움을 다 씻어내려는 듯이.

그런 그의 뒤로 남은 자들 중 둘.

치료를 막 끝마치고, 김기환의 모습에 고개를 절레절레 젓고 있는 장진후에게 다가온 운이철이 조심스레 묻는다.

"……허허. 참. 그리 좋을까."

"아직 완벽한 것은 아니지요?"

"……그렇지. 어쩌면 그녀가 씨앗이 될지도 모른다네. 상황이 너무 안 좋았어."

"흐음…… 안으로 들어가서 좀 더 이야기를 나누지요."

"그래야겠지."

알 수 없는 말을 하며 운이철과 장진후가 조심스레 자리를 피한다.

그들끼리 나눌 어떤 이야기가 남아 있는 게 분명했다.

그러고도 많은 자들이 남아 있었다.

"우오……."

"한시름 놨다. 진짜."

이서영이 살아났다는 것에 한시름을 놓고 있는 허웅과 마동수. 그리고 여러 길드원들.

그 사이로 섞여 있는 여인 둘이 있었다. 한서은과 그녀의 어머니 이송아.

이송아가 약간은 씁쓸함이 섞인 채로 묻는다.

"딸. 아무래도 경쟁자가 너무 강한데? 후훗."

"……시끄러워요. 이 상황을 즐기지 말라구요. 정 기환 씨가 서영 씨와 저 사이에서 선택하지 못하면 저도 방법이 있다구요."

"어머? 그런 게 있을 리가?"

진정 이 상황을 즐기는 듯 이송아의 얼굴에는 웃음이 가득했다.

그녀로서는 제자인 이서영과 딸 한서은 둘 중 누가 되어도 불만은 없을 듯했다.

'청춘이야. 청춘.'

한때 한철과 다른 남자 사이에서 선택을 해야 했던 그녀로서는, 오랜만에 청춘이 생각나는 듯도 했다.

하지만 뒤이어지는 딸의 말에는 그녀의 회상도 자연스레 깨질 수밖에 없었다.

"……자고로 영웅호색이라지요. 후후. 어머니가 좋아하는 열혈물 주인공들은 본래 여자들이 여럿이던데요?"

"너어!"

"남에게 뺏기기 싫을 때는 같이 가질 수도 있겠죠? 뭐…… 말이 그렇다는 거예요, 말이."

진담인지 아닌지 알 수 없을 말을 남기며 어디론가 움직이는 한서은이었다.

그런 무서운 상황이 일어나는지 모르는 채로.

"서영 씨!"

"헤에…… 걱정했죠?"

오랜만에 해후한 김기환과 한서은이었다.

아직 많은 것들이 남아 있고, 또 많은 일들을 해결해야겠지만 그들의 표정에는 기쁨만이 가득했다.

적어도 하나는 확실했다.

앞으로 어떤 일이 생긴다고 할지라도, 그들로서는 잘해나갈 거라는 확신이 그들에게는 확실히 깃들어 있었다.

2.

어느 날의 일이었다.

이제는 서로의 자리가 있기에 자주 볼 수 없는 그들이 모였다.

김기환, 이준혁, 정우혁. 그 외 많은 이들이었다. 전장이 잠시 정리되는 상태이기에 모일 수 있었다.

이후로는 자주 가질 수 없을 그런 자리였다.

축하연이라도 여는 듯 술을 마시고, 흥겨운 노랫가락을 배경음 삼으면서 오랜만에 기쁨을 나눠간다.

그러다 모두가 하나둘씩 몸을 일으킨다. 내일을 준비해야 한다는 듯.

해가 떠오를 시간은 가까워져 오니, 끝낼 시간이 다가오고 있는 거다.

모두가, 그렇게 모두가 자리를 파하고. 남은 자는 셋 정도.

그들 가운데에서 입을 자주 여는 법이 없는 이준혁이 옅게 미소를 짓고서는 김기환을 바라본다. 그리곤.

"사형. 아니 형님. 제가 재밌는 이야기를 해드릴까요?"

"푸핫. 사제가 재밌는 이야기라고? 나 같은 찌질이가 여기까지 온 거보다 재밌는 이야기가 또 있어?"

"있지요. 없을 리가요. 한 많은 자, 운도 없는 자, 그럼에도 노력하는 자에 관한 이야긴데 어떻습니까?"

"뭐야. 그거. 사제만큼이나 재미없을 거 같은데?"

"그럴지도요. 그래도 들어보면 꽤 재밌을 겁니다. 믿지 못하실지도 모릅니다."

"호오? 한번 해봐."

김기환이 웃음 지어 보인다. 해맑은 웃음이지만 동시에 눈빛은 진지했다.

그렇게 그의 이야기가 시작됐다.

〈완결〉

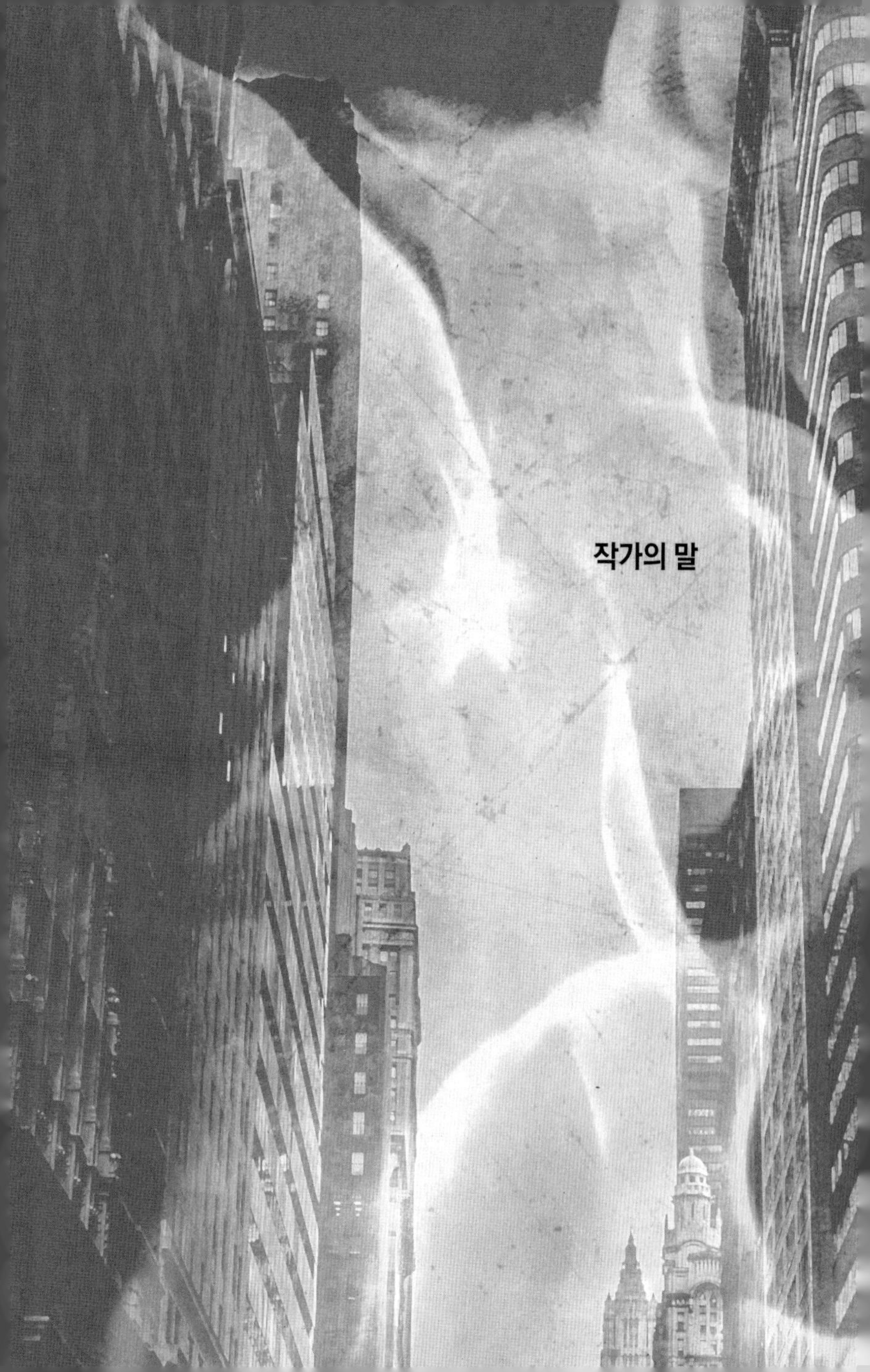

작가의 말

달려왔습니다. 부족한데 어떻게든 온 거 같습니다. 마지막까지도 잘했을까. 잘하는 건지 생각하며 여기까지 온 것 같습니다.

불빨.

처음 시작은 가벼웠습니다. 찌질한 주인공. 그 주인공을 괴롭히는 게 일이었을지도 모르겠습니다. 꽤 즐기며 썼었습니다.

그러다 문뜩 생각이 들었습니다.

아. 이 찌질이 정말 노력하는구나. 애쓰는구나. 그리고 잘해 나가는구나.

작년. 그리고 올해. 참으로 개인적으로 많은 일이 있던 가운데, 이 주인공이란 놈이 참으로 안쓰러웠습니다.

그러다 보니…… 이놈도, 이 찌질한 놈도 잘해 나가는 걸 써보고 싶었습니다.

그렇게 더 크게 계획을 짜봤습니다. 그때부터 글에 변화가 있었는지도 모르겠습니다.

글이 방황을 하게 되니 독자분들도 많이 혼란스러우셨을 거라 생각합니다.

제가 부족한 겁니다. 이 부분은 정말 죄송합니다.(이 말은 꼭 하고 싶었습니다.)

그 혼란의 뒤로 찌질한 주인공이 성장하고, 사람을 모으고, 리더가 되어 가는 모습을 그렸습니다.

여기에 하나 더 추가가 되었습니다.

큰 그림을 그리면서 많은 이들이 더욱 깊게 들어오게 됐습니다.

세상은 어차피 혼자 사는 게 아니지 않나. 그러니 찌질한 이가 노력하는 가운데에, 다른 이들도 노력하고 살지 않을까라는 생각이 들었습니다.

처음부터 그려지긴 했던 정우혁이나 이준혁의 비중이 더욱 커졌죠.

그리고 이들의 이야기들도 따로 작성을 해 왔습니다.

김기환은 김기환의 이야기가. 정우혁은 정우혁의 이야기가. 이준혁은 이준혁의 이야기가 있습니다.

이 외에도 은근 모습을 드러냈던 많은 자들의 이야기가 다 따로 있습니다.

어쩌면 이번 불빨은 김기환의 이야기를 그리면서, 많은 자들의 이야기를 함께 그리는 프롤로그일지도 모릅니다.

불빨 가운데에 짧게 표현되었던 이야기들. 그 사람들 모두 각각의 사연, 이야기를 준비해 두었으니까요.

다음 작품이 될지 안 될지는 모르겠지만, 정우혁, 이준혁의 이야기는 또 언젠가 기회가 되면 따로 준비가 될 겁니다.

같은 시기, 다른 이야기로요.

여기까지 즐거우셨으면 좋겠습니다. 또한 앞으로도 함께 할 수 있으면 좋겠습니다.

여기까지 봐주신 모든 분들 감사합니다. 또 감사합니다.

에디터님, 본부장님, 출판사 모두 감사합니다.

덕분에 즐거울 수 있었습니다. 다음에 또 뵙겠습니다.

마지막은

—프롤로그 끝—

이라고 해둘까요?